LA TRAPPOLA

DELFINO CINELLI

L'EROICA MILANO
I.

Paolo Martorelli, marchese di Ciciano, e altri luoghi dirupati e silvestri, giunto al crocicchio delle Due Strade fermò il cavallo. La provinciale prosegue sullo spartiacque serpeggiando nel mattaione grigiastro che qua e là si sfianca a perpendicolo nei botri, e arrivata al paesino appollaiato in cima al greppo, s'inoltra fra le case scure. Al di là dei tetti, più in alto ancora, da un folto di lecci, la torre di Ciciano, rossa di mattoni sino all'agile corona pietrigna dei merli guelfi, risaltava sull'orizzonte di monti azzurrini che si perdevano nella solata del mezzogiorno. L'altra strada svolta in un ceduo di castagno, e si rivede più lontano incurvarsi tra i poggi. Da quella parte le tonde colline tufacee dell'alta Val d'Elsa si sovrappongono in una fuga decrescente di valli o di pendìi di terra rossa chiazzati da qualche sodaglia verde e da qualche pezzo di bosco. A prendere a destra, in dieci minuti sarebbe arrivato alla Vernaccia, di cui, da una sfociata di colline, appariva il viale appuntito di cipressi. E Elisa Volognani lo avrebbe accolto con l'ormai troppo solita tenerezza. Se tirava a diritto, fra un quarto d'ora era a casa. Col caldo di quello scorcio di Settembre ostinatamente asciutto, dopo una mattinata di cavallo su per quei dirupi e giù per quelle balze, era stanco; e alle grazie mature della contessa Elisa, preferì il miraggio beato della siesta, dopo desinare, nelle sue stanze silenziose. In tutto quel mondo che si scopriva di lassù, non un segno di vita: non un paio di bovi per una costa, non un uomo pei campi: soltanto di cima a un querciolo mezzo secco che s'alzava da una siepe, volò, schiamazzando, una ghiandaia. E Paolo tirò dritto.

«Stefano, è caldo» disse, un po' per sè, un po' per corroborare la sua azione al guardiacaccia che lo seguiva.

«Eh, sì, signor marchese, e le bestie hanno sete: non si trova più una goccia d'acqua in una fonte, per istrada.»

In paese non c'era un cane: anzi, non c'erano che cani, nelle due strisce d'ombre perpendicolari a raso delle case: quei bastardacci da tartufi che hanno il pelo ispido d'animali di macchia. Tra le case scure, il riverbero del sole a piombo sulle lastre accecava, e il rumore degli zoccoli sull'acciottolato rintronava come in un androne.

Quando Paolo si fermò davanti all'appalto, e fece per scendere, sopra alla bottega si aprì una persiana. I primi piani di quelle case basse eran quasi a livello dei cavalieri, e egli, voltandosi, si trovò a faccia a faccia con una giovane donna che lo guardava, sporgendo verso di lui dalla finestra il busto formoso nella camicetta fresca di cambrì. A trovarsi, senza aspettarselo, così vicino a un volto piacente, a quel chinarsi di una bella forma femminile verso di lui, egli non potè frenare un sorriso di soddisfazione, e lei non nascose che il tacito complimento le faceva piacere; ma si confuse, arrossì, e lì per lì non seppe nemmeno ritirarsi subito.

Il guardiacaccia diceva:

«Non stia a scendere, signor marchese. Prendo io quel che le fa bisogno.»

«No, no. Voglio sgranchirmi le gambe.» Paolo scavalcò con agilità la testa del cavallo e si lasciò scivolar di sella. Stefano prese le redini d'ambedue le bestie. Allora sottovoce, Paolo gli chiese:

«Chi era quella bella donna alla finestra?»

«È la moglie di Pulce.»

«Pulce? Ha preso moglie, Pulce?»

«Sì, non lo sa? Ha preso moglie a Pasqua. L'ha voluta bella, se l'è andata a cercare a Firenze, si figuri.»

Il marchese Paolo entrò nella bottega che era appalto, osteria, mescita di vino e vendita di civaglie d'ogni genere al tempo stesso. In paese si diceva «la bottega» e basta. Stefano restò coi cavalli, contento anzichè no di non esserci dovuto entrare; poi, vedendo che il padrone si tratteneva, portò i cavalli alla fontana e slacciò i morsi dalle bocche bavose. A vedere le bestie col collo libero e disteso, col muso a filo d'acqua, nel refrigerio, faceva piacere.

Come al solito quando passava dalla bottega, si assorbiva sempre di più nei suoi pensieri, si dimenticava dov'era, per darsi alla sua lunga e paziente meditazione. Ma si sentì battere una mano sulla spalla, e si riscosse con questa chiusa mentale:

«Pazienza, pazienza; verrà il giorno anche per me.»

Dal portone di una casa antica dalle belle finestre di pietra serena a grosse inferriate, che arieggiava a palazzotto, un giovane ben vestito se non elegante, era venuto verso di lui:

«Buon giorno, Stefano.»

«Buon giorno, signor cavaliere.»

«Quando cacciate a Ciciano?»

«Ancora il marchese non ha detto nulla. Ma molto non si può tardare.»

«Come ce ne sono lepri, quest'anno?»

«Tante ce ne sono.»

«Ve ne pigliano un po' meno ora?»

«Eh, sì, qualcuno che conosco io, ci porta un po' più rispetto.»

«Che volete, quando s'ha la moglie bella e giovane, balzelli, anche se c'è la luna, non se ne fanno più. Fumate, Stefano?» e il giovanotto gli offrì il portasigari pieno di toscani: il guardia ne scelse uno, il più nero.

«È belloccia davvero. Era alla finestra ora, l'ho vista bene, da vicino. Anche il signor marchese l'ha detto.»

«Eh, ora Pulce ha il suo daffare. C'è la bottega, chè lei prima delle undici non iscende. Del resto lui non ce la vede volentieri, appena c'è qualcuno che gira d'intorno. Gli avanza poco tempo per andare a caccia. Lei invece avrebbe certe idee cittadine, di stare a veglia, di andare a ballare, che lo fanno tribolare, povero Pulce.» E dopo un momento, aggiunse: «Però non c'è niente da fare. Fa la superbiosa, la cittadina.»

«Ecco il signor marchese.»

Stefano si dette a rimettere i morsi ai cavalli. Il giovanotto salutò Paolo con rispetto, ma come a controvoglia, mentre questi gli porgeva affabilmente la mano:

«Verrà anche quest'anno alla cacciata? La faremo, se regge il tempo, subito dopo i Santi e i Morti.»

Era quella la sola ragione che Paolo avesse di conoscerlo. Nel subentrare al padre nel possesso di Ciciano aveva trovato l'uso di invitare tra gli altri anche questo signore, come una servitù di acqua o di passo. Lo vedeva quel giorno, una volta l'anno, e basta. Paolo montò a cavallo e s'avviò, e nel passare davanti all'appalto, poichè la bella moglie di Pulce si fece un'altra volta alla finestra, si levò a mezzo il cappello, e ella rispose incerta, inchinando un po' il capo, ma ritirandosi subito.

Più il guardia Stefano pensava, se può esser chiamato pensare quel suo ponderoso e lento sillabare di idee, alla bella moglie di Pulce, più si sentiva rallegrare, prendere soddisfazione alle cose, alla vita. E ce n'era bisogno. Era quasi un anno ormai, che al disopra di ogni pensiero, di ogni sentimento, c'era questa vergogna, questa umiliazione da togliersi di dosso come una manata di fango. Ma per lavarla non bastava acqua e sapone. E per quanto scavasse nella mente, per ora non aveva trovato: non gli era mai capitata una di quelle idee, qualcuno di quegli stratagemmi che parevano così facili, così pronti, quando aveva deciso di non denunziare Pulce e i suoi compagni, e di far pari da sè. Oggi invece nella sua mente le parole: «Ah, Pulce e la sua bella moglie!» apparivano cinte di un'aureola di contentezza; e, se non fosse stato per rispetto del padrone, si sarebbe fregato le mani. A furia di ripetersele nel capo, gli venne fatto di dirle a voce alta: «Pulce e la sua bella moglie», quasi inconsciamente, eppure con la volontà – non avrebbe saputo dir perchè – di farsi sentire.

«Davvero!» disse il marchese e rallentò l'andatura del cavallo così che il guardia venne a essergli a fianco.

«Ma perchè gli hanno messo codesto soprannome?»

«Era tanto noioso. Se sapesse! Non lasciava benavere. Stava bene soltanto a far star male gli altri. Senta: una volta, per dirgliene una, a un di questi merciai che vanno col barroccetto per le strade, un disgraziato, gli legò un gatto per la coda al sellino del ciuco. Lei può capire... Andarono a finire in un fosso; pareva impossibile la roba che venne fuori da quel cassone. E per noi guardia, era una disgrazia. Già lei lo sa: era il peggior bracconiere di queste parti. Ma ora ha smesso.»
«Perchè?»
«Pulce, il più era cacciatore di notte. Ora che ha moglie – e giovane e belloccia come l'ha presa – non s'azzarda più a lasciarla: ha paura di trovare chi gli riscaldi il letto per lui. E sa, pare che lei sarebbe di quelle che ci stanno, a divertirsi. È geloso. Da una parte, dico io, benedetto il nostro mestiere, che di donne noi non ci si può impicciare.»
Giungevano ai cancelli della villa. Il castello di Ciciano domina il borgo dall'alto di un di quei dirupi nudi e grigi che l'acqua rode nelle crete; così che dal muro del giardino ci si spenzola quasi a picco sui tetti delle ultime case del borgo. Un'antica lecceta recinta di muro scende da ogni parte sugli altri pendii meno scoscesi, benchè sempre ripidi. Davanti alla villa il guardia prese le redini dei due cavalli, domandò al padrone se comandava nulla, e girò intorno al piazzale verso le scuderie, mentre Paolo entrava in villa.
Nell'ingresso filtrava appena un po' di luce verde dalle persiane chiuse, così che Paolo vide a malapena che sul vassoio della posta c'era un telegramma. «Arrivo in serata in buona compagnia – Gustavo.» Ne ebbe una grande irritazione. Come s'arrogava costui il diritto di venire a ribatterlo sin lassù? E in buona compagnia? A Ciciano? Si sentiva discretamente offeso, il giovane marchese, dal senso di questa «buona compagnia» nella casa antica di suo padre e di sua madre, così piena dei loro ricordi, che gli pareva di sentirne ancora la presenza. Si doveva trattare – ci voleva poco a essere indovini – di qualche donnina allegra, e, al pensiero che una di esse potesse sedersi in quella poltrona tutta ricamata a punto in croce dalla sua povera zia Albertina, morta nubile a settantott'anni; che i loro occhi si potessero posare su quelle fotografie sbiadite, su quei vecchi ritratti a olio e chiedergli chi fossero, quel dover mescolare la sua famiglia alle personcine poco dabbene che si immaginava, gli dava un certo senso di nausea e di rivolta verso l'indiscrezione dell'amico.
Si rammentò di malavoglia che a dire il vero, quando due o tre settimane prima aveva lasciato il suo amico a Viareggio per venire, come a un pesante dovere, a passar qualche tempo nelle sue terre, gli si era raccomandato di non abbandonarlo a morir di noia in quelle solitudini, e che quando Giacomo aveva soggiunto:
«Ma io, lo sai, non viaggio solo» gli aveva risposto:
«Porta chi vuoi, ma pensa anche per me.»
Ora gli seccava, molto più di quel che non voleva ammettere a sè stesso, anche per la famiglia di fattoria e i guardia, tutta gente che ormai non poteva fare a meno di rispettare e che lo rispettavano. E Don Attilio? Che avrebbe pensato Don Attilio? Il prete ormai veniva tutte le sere a far la partita a carolina e a raccontargli i chiacchiericci del giorno e quelli di quaranta o cinquant'anni prima. E Elisa contessa Volognani, come l'avrebbe trattato a trovarlo in compagnia di donnine che certo sarebbero state più giovani, se non più belle di lei? In fondo, di donna Elisa gli importava sino a un certo punto. E per una lontana e tortuosa associazione di idee gli tornò in mente la bella tabacchina. Era entrato nell'appalto con l'intenzione di far provvista di sigarette e di fiammiferi da bastargli un mese; poi aveva pensato meglio di prenderne soltanto un paio di pacchetti. Si era rimproverato di non occuparsi punto del paese, aveva attaccato discorso con Pulce, si era detto che, dopo tutto, quella gente era più interessante di tanti che conosceva in città. Il telegramma riportava questi suoi proponimenti lontano da lui nel tempo, dietro un monte di piccole preoccupazioni. Benedetto Giacomo: avrebbe dovuto sapere che certi inviti si fanno lì per lì, ma che bisogna aspettarne la conferma. Poi, in cima a questi monti che avrebbero fatto per ammazzare il tempo? E al cameriere che gli porgeva la seggiola alla sua tavola solitaria dove, accanto alla posata, lo aspettavano «I Miei Ricordi» di Massimo d'Azeglio

– lettura che trovava molto riposante e benefica, benchè voluminosa, chè non poteva, come di un romanzetto, sfogliarne in fretta le pagine per sapere se morivano o si sposavano tutti – disse:

«Fa' il piacere di avvisar la fattoressa che stasera aspetto amici. Ci saranno anche delle signore. Non so bene quanti; credo che verrà il conte Marramis con la contessa e sua sorella, ma il telegramma non è chiaro.»

Sapeva bene che Pietro, il suo cameriere, non lo avrebbe creduto, che era al corrente della vita che conduceva Giacomo Marramis; la sua finzione non sarebbe valsa un bel nulla neanche di fronte agli altri di fattoria, perchè Pietro ci avrebbe goduto mezzo mondo a far vedere come era bene informato; ma poichè doveva annunziar questo arrivo, gli era venuto naturale di dir così. Dopo tutto non poteva dire apertamente:

«Sai, vien Giacomo Marramis con qualche donnina allegra.»

E, seccato di dover misurar le parole, aggiunse, un po' brusco:

«Insomma fa' preparare tre camere nell'ala nuova.»

Tra le camere così dette nuove – ripristinate in gioventù da suo padre, gran cacciatore, per gli ospiti delle cacciate, un cinquant'anni prima – e la sua, c'era mezzo chilometro di corridoio.

II.

Mancò poco che non si bisticciassero sùbito. Appena sbarcati dall'automobile polverosa, Paolo li accompagnò nelle loro camere e, sbarazzatosi dalle signore, chiese a Giacomo il favore di quella finzione, di fronte ai suoi sottoposti.

«Senti: moglie poi, no. Mi par che mi debba portare sfortuna. Piuttosto cugine, come si diceva al reggimento.»

«Cugine, chi vuoi che ci creda?»

«E moglie? Ti pare che abbia la faccia di marito, io? No, no, senti: se ti si dà noia, si torna via, stasera, subito, ma non mi dar moglie.»

In quella, avevano bussato alla porta e erano entrate le due, svolazzanti nelle vesti da camera a fiorami giapponesi, coi piedini nudi nelle pianelle:

«C'è un bagno?»

«Ah, me n'ero scordato. Tante scuse.»

Le condusse in cima al corridoio. «È all'antica, ma quassù bisogna contentarsi.»

Quella saletta da bagno costruita prima delle conquiste dell'igiene moderna, era stato uno degli orgogli del povero marchese Rodolfo, suo padre. L'impiantito della stanzetta – grande su per giù come un salotto delle abitazioni di oggidì – nonchè un alto zoccolo, era rivestito di grandi lastre di marmo broccatello di Siena: un broccatello setoso, liscio, fino di grana come uno statuario, e convergeva nel centro in una vasca dello stesso marmo nella quale si scendeva per tre gradini. L'acqua calda o fredda veniva da due mascheroni dello stesso marmo; poi non c'era altro: non un attaccapanni, una seggiola; nulla. Più che una stanza dedicata alle cure igieniche del corpo, pareva un tempietto dove si dovessero svolgere armoniosi riti pagani.

Le due, entrando, ebbero un moto di sorpresa ammirativa; poi, una, la più alta, quella che dava sui nervi a Paolo, prese a ridere:

«E chi ci dà il coraggio di fare il bagno là dentro?»

L'altra, in arte ballerina, si mise a muovere le braccia e il busto in ritmo; liberandoli dalle pianelle pose i piedi nudi sul marmo con un lieve brivido di tutta la persona, e, a poco a poco, cominciò a accennare l'ondulazione di una danza classicheggiante. Era intanto venuto il Marramis il quale si mise a battere le mani:

«Brava!»

Ma Paolo lo richiamò al dovere:

«Presentami a tua moglie.»

E, meno male, era la più alta, quella che rideva di tutto e di nulla.

Ringraziando il Signore, non ci fu bisogno di gran che per farli divertire. Dopo cena, vollero andare a letto subito – erano stanchi morti dell'automobile – liberandolo così dall'incubo della serata, che Paolo si figurava particolarmente tragica, sulle poltrone impettite e i canapè duri, aspettando l'entrata di Don Attilio il quale sarebbe certamente venuto a ossequiare gli ospiti del signor marchese.

Ma, benchè Paolo, ben riposato dal buon sonno del dopo desinare, avesse aspettato a lungo sfogliando i vecchi album di fotografie che conosceva già così bene, Don Attilio non s'era fatto vedere. Che fossero al corrente, in fattoria? Durante il pranzo non c'era stato male, se non fosse stata l'irritazione di sentirle ridere ogni qualvolta egli, con una certa soddisfazione agrodolce di seccare Giacomo, dava di contessa alla più alta, divertendosi a far diventare più vera che fosse possibile la finzione, chiedendole di parenti e amici:

«E sua zia Gèmini, come sta, contessa Clarice? Ha sempre quella passione per i levrieri russi?»

All'alzarsi da tavola la più piccola, la ballerina, s'era rincantucciata in una annosa e immensa poltrona nella quale pareva spersa, e s'appisolava: il capino biondo le ricascava sul petto. Aveva un che di bambinesco contro il quale non si poteva armarsi di dispetto. Ed era stato il segnale di andare a letto.

Paolo era rimasto giù. Che si sarebbero aspettati da lui? Supponevano, certo, che avrebbe fatto da cavaliere alla piccina. Ma, così d'un tratto, ne sentiva un certo disgusto, che forse era soltanto quel tale rispetto di casa sua, e forse un po' di pietà di quella testolina barcollante di sonno sul dossale scuro della poltrona. Le aveva augurato la buona notte con un sorriso molto amichevole, un buon sorriso da compagni, ma che chiudeva l'incidente.

La mattina dopo, sino alle undici non si era visto nessuno. Poi scese Giacomo, preoccupatissimo:

«Non ho sigarette. Ne hai tu?»

«L'ultima, mio caro,» gli offerse Paolo.

«Ah, no, l'ultima no. Ma come si fa? Se quelle si svegliano e si trovano senza sigarette non mi lasciano vivere.»

«Si manda a prenderle,» disse pacificamente Paolo. «Oppure se vuoi far due passi, si va noi. È lì sotto, vedi, il paese.»

«Andiamo noi,» accettò Giacomo «si fa due passi.»

Quella mattina, in bottega s'eran ritrovati per concludere l'affare di un taglio di bosco, Faìlle, un barrocciaio col quale Pulce faceva spesso in società, e due carbonai che rappresentavano la compagnia, uno più vecchio soprannominato il Còccolo, forse per motivo di un certo rigurgito che voleva essere una risata ironica col quale accompagnava le sue melensaggini; e uno più giovane detto Boce dal gran strillare che faceva per farsi intendere, senza che ce ne fosse bisogno. Non avevan concluso, ma quasi; e intercalavano una bevuta e due chiacchiere agli interessi. Come al solito s'eran messi a parlar di caccia.

Faìlle parlava d'alto, forte della sua vecchia amicizia con Pulce la cui fama di bracconiere e di tiratore era quasi leggendaria:

«Bella forza: le lepri alle Fangaia ora ci son fitte come se ci fossero rallevate! Non c'è più chi gliele piglia.»

Il Còccolo aveva strizzato l'occhiolino a Pulce:

«Chi le decimava, s'è decimato da sè.»

E aveva aggiunto, rivolto al giovine Boce:

«Lo vedi che succede a pigliar moglie? Impara, te che sei sempre a tempo.» Poi s'era accorto dell'Armida la quale dal banco prestava un orecchio distratto alla conversazione:

«Si fa celia, eh, sora Armida!»

Questa aveva scrollato le spalle con indifferenza.

Boce, tanto per farsi sentire anche lui, aggiunse:

«Eh, ora son pochi che hanno il fegato d'entrare in bandita a Ciciano. Con Stefano non si canzona.»

Faìlle scambiò un sorriso di compatimento con Pulce:

«Sarà anche che c'è meno coraggio, a questi lumi di luna. A tempo mio, Stefano o non Stefano, quando s'aveva bisogno di una lepre, s'andava e s'ammazzava.»

Boce, spalancando gli occhi d'ammirazione, domandò:

«E i guardia?»

«I guardia sapevano che era meglio stare al loro posto. Meglio per loro, meglio per tutti. Ce n'era uno che non voleva, ma s'insegnò anche a lui, una volta per sempre.» Pulce gli fece segno di stare zitto:

«Ma non lo vedi, hai bevuto?»

«O come andò?» «O chi era?» chiesero gli altri due.

Faìlle prese a raccontare. L'Armida dapprima non gli badava, poi seguì la narrazione con interesse, da ultimo non gli levava gli occhi d'addosso, affascinata.

«Dovete sapere che un giorno Pulce era sotto a Monteregi a tirare ai beccaccini in quegli acquitrini, quando èccoti sbucar fuori – stavo per dire il nome – questo guardia con un altro più giovane, e, senza dir nè ahi nè bai, gli saltano addosso e gli contestano la contravvenzione. Gli sequestrarono il fucile, gli fecero revocare il porto d'armi, un monte di storie. Pulce andò persino al castello, dal vecchio marchese Ridolfo buonanima, che mandò a chiamare Stefano – tanto ormai avete capito che era lui – e questo cane gli disse che non si poteva perdonare a Pulce, che era il peggiore di tutti: un esempio bisognava darlo, altrimenti si poteva anche smettere la bandita.

«Insomma, Pulce e noialtri si decise di far pari. E una sera, poco dopo l'Ave Maria, si sciolse i cani giù alle Fangaie, sotto alla Madonnina della Peste, che a spenzolarsi di qui dietro, dall'orto di Pulce si vede anche il posto preciso, disotto al botro. Ci si nascose in un roveto e in men che non si dice i cani fecero canizza. S'allontanaron giù per la valle, ma io allora avevo un cane che sapeva come fare a riportarle alle poste, e infatti, di lì a cinque minuti, si ammazzò la prima. Quel giorno gli altri guardia erano andati a consegnare gli agnelli a San Miniato. Noi si sapeva. Non c'era rimasto che Stefano. Ma era un uomo coraggioso, e infatti sarà passato mezz'ora sì e no, eccoti un cavallo al galoppo. Intanto s'era riacceso una canizza, giù in valle. Quando fu al viottolo delle Ferriere, a dieci passi da noi, scese da cavallo, legò la bestia a un loppo... Non v'ho detto che ci s'era bendati tutti. Stefano stava per levarsi il fucile da tracolla, ma non gli si dette tempo. In un baleno gli si fu addosso, con le cinghie, e quando s'ebbe, allora, Pulce la prese con calma.»

Pulce a queste parole levò gli occhi calmi e ironici sull'Armida. Questa che ascoltava attenta, si riscosse e si scostò come a un contatto importuno.

«Lo distese ben bene sui roghi che lì, in quella terra grassa, buttano certe spine granite che è una bellezza. Poi cominciò. Cominciò a schiaffi, non tanto forti, ma continui, capisci. Quando ebbe le palme rosse che gli bruciavano, lo sai che inventò? Si mise a strappargli i baffi...»

Qui Faìlle scoppiò a ridere e guardò Pulce. Questi arricciava appena le labbra guardando di sottecchi la moglie la quale alle ultime parole era rimasta senza fiato, come se non ci potesse credere.

«Così: lo teneva giù per il naso con una mano e con un ginocchio sul petto, e con l'altra mano dava su... E ecco Stefano, il gran Stefano, lo spauracchio di tutti i cacciatori, che quando si sciolse, non aveva forza di rizzarsi e si dovette rimetterlo su a forza di pedate nel groppone.

«E poi... n'avete mai sentito dir nulla, voi?»

«No.»

«E io nemmeno. Vedete, a aver un po' di midollo nella spina dorsale?»

Gli uomini si meravigliavano. Boce chiedeva:

«Ma come; non denunziò nulla a nessuno?»

«Nulla, nessuno. Non ha più aperto bocca.»

«Ma perchè?»

«Perchè non gli succedesse di peggio!»

Il Còccolo era rimasto serio:

«Non par nemmeno Stefano. Si vede che nell'invecchiare... Ma siete proprio sicuri che non v'abbia riconosciuti? Io non mi fiderei. E ci siete più ritornati in bandita?»

Pulce accennò con un gesto indifferente all'Armida:

«Facevo all'amore, poi presi moglie; di caccia non ne ho più ragionato.»

Quando entrarono Paolo e Giacomo, la bottega era deserta. Non c'era che un gran ronzio di mosche che andavano a attaccarsi sui fogli di «Tanglefoot» sparsi sul banco e sui tavoli. Batterono con dei denari sul marmo del banco, poi più rumorosamente sul piatto delle stadere, e una voce di donna dal timbro fresco e argentino rispose dal disopra:

«Eccomi, eccomi.»

Giacomo a quella voce rizzò le orecchie. Quando poi la vide bene dietro al banco, la guardò con quella attenzione quasi direi importante con la quale un conoscitore osserva da vicino un quadro di valore o un cavallo di puro sangue: voltandosi ogni tanto verso Paolo con le labbra strinte in una mossa di apprezzamento e di sorpresa, sottolineandola con un cenno approvatore del capo. Veramente, ciò a Paolo dava piuttosto noia.

La bella tabacchina gli sorrise:

«I miei rispetti, signor marchese.»

Paolo s'era sentito molto contento di vedersi riconosciuto, e l'intimità della bottega deserta si era chiusa con simpatia su di loro. In breve si trovarono a parlare quasi affrettatamente di Firenze, di quel Firenze dal quale ella era venuta quassù, in un colpo di testa di cui ormai si stupiva più di chiunque; quassù dove adesso disprezzava tutto e tutti:

«Per lei, signor marchese, sarà anche bello. Prima di tutto ha lì l'automobile sempre pronto, e basterebbe di saperlo che in due o tre ore si può essere in Via Calzaioli per non averne più voglia. Poi, è rispettato, riverito, nella sua bella villa. Ma noi... Modestamente, quand'ero a Firenze... Eppoi, che vuole, basta uscir per le strade, andar nel centro per distrarsi, per rallegrarsi! Le botteghe, la gente, la luce... Quassù tra questi zotici; poi son brutti... villani...»

Si sfogava, si riscaldava tutta. Mentre Paolo si teneva un poco indietro, anche per il dispetto che gli dava quella intimità col suo amico, questi aveva appoggiato tutti e due i gomiti sul tavolo e avvicinava il viso a quello della donna, la quale istintivamente si parava con le mani lo scollo della camicetta tirandosi indietro. E proprio allora doveva entrare Pulce e in quell'atto di pudore e in quella certa confusione che al vederlo si diffuse sul viso di lei, sentì che era occupata di ben altre faccende che non di curare la vendita dei generi di privativa.

Pulce si avvicinò di traverso mormorando un «Buon giorno» scontroso. Senza curarsi della moglie che alzava il pezzo di banco movibile per lasciarlo passare, si chinò come se fosse sempre al posto, e quando fu di là si voltò bruscamente a guardare i due uomini. Ma Giacomo s'era già fatto indietro sin quasi a livello di Paolo, il quale non aveva ragione di muoversi, e non s'era mosso. Del resto, quando Pulce lo riconobbe, lo salutò su di un altro tono, con deferenza, e riversò il suo malumore sul suo compagno, contentandosi però, dopo tutto, di guardarlo male.

Ora che Pulce s'era messo al primo piano, la sua donna cercava di sparire; ma poichè, a prender la scala aveva paura di esser richiamata all'ordine, e di farsi aprire la terra sotto i piedi non le riusciva, s'era rincantucciata nell'angolo presso alla scala cercando di farsi più piccina che potesse, in attesa del momento favorevole per salir su. Ai due in bottega, si presentavano in prospettiva i visi dell'uomo e della donna quasi sovrapposti, ambedue fissi nei loro sentimenti; e ne erano affascinati al punto di non potersi muovere prima di loro o, meglio, prima che Pulce, in comando della situazione, ne desse il segno. E si intuiva come la bella ragazza cittadina si fosse lasciata dominare da quel nervoso e salcigno uomo di monte: Pulce doveva averle dato brividi di paura strettamente imparentati ai brividi di voluttà.

Fuori della bottega Giacomo, anche prima di accendere la sigaretta, tirò un sospiro di soddisfazione. «Ouf!» Poi fece un tratto di strada zitto a considerare l'accaduto. E, prima di entrare nei cancelli, esclamò a guisa di conclusione:

«Gli amori rusticani! Vedi quel che può succedere? Da' retta a me, tieniti al sicuro.»

Trovarono le ospiti vezzose nelle poltrone di vimini all'ombra di un gran leccio la cui spessa chioma ombreggiava metà del piazzale. Avevan trovato qualche vecchia rivista illustrata e ridevano delle mode antiche dei vestiti e più specialmente dei cappelli. Era già l'ora di colazione, tutti avevano appetito, e una goccia di vèrmutte toscano dette alla parlata un po' del suo frizzantino. La colazione fu trovata eccellente: lo era. Ma Paolo si stupì che potessero accorgersene, e ne ebbe quasi dispetto e come il desiderio che non fosse stata così squisita. Ciò nonostante con le frutta fece servire un Vin Santo vecchio che era ormai un'ambra, un profumo, e pure ancora delicatamente virile. E, benchè l'uva fosse stata messa nei caratelli quando non era ancora nato e egli non ne avesse quindi alcun merito, raccolse con modestia e contentezza, l'onda di ammirazione che lo incensò. Per passare quelle prime ore del pomeriggio, quando fuori dal gran caldo non si resiste, poichè non osava parlar di siesta, li portò al biliardo, e, nel benessere dei vini generosi che lo invadeva, cominciava a guardare con occhio benevolo la grazia ondulante dei movimenti della Fernanda, la piccola ballerina. Lungo la sala correvano quegli interminabili e incomodissimi divani senza spalliere nè braccioli che i nostri nonni prediligevano forse per non farsi prendere dalla pigrizia; pure egli trovò il modo, tanta era la sua stanchezza e l'abitudine del sonno pomeridiano, di addormentarsi tra un colpo di stecca e l'altro, e forse di sognare quei godimenti che gli sarebbe stato tanto facile di cogliere in realtà, se si fosse risoluto a vincere quel punto fermo al quale si erano arenate le relazioni con la graziosa sua ospite.

Quando si svegliò, stupito del silenzio e di trovarsi la stecca da biliardo in mano come un bastone da pellegrino, andò in cerca degli amici: li udì che parlavano sul piazzale. Guardò di dietro alle persiane: erano chini su una carta geografica. Allora Paolo andò a bagnarsi gli occhi, a ravviarsi la cravatta e i capelli, e ordinò che servissero il tè in giardino.

Quando si avvicinò, essi fecero silenzio. Poi Giacomo gli disse:

«Sai, abbiamo pensato che si potrebbe andare a passar la sera a Montecatini. C'è una compagnia d'operette al Casino, tutta gente di conoscenza. A prender da Pontedera e Fucecchio, saranno sì e no un centinaio di chilometri: in due ore si fanno. Perchè non vieni anche tu? Ti farebbe bene un intermezzo vivace, in questo adagio solenne.»

«Ma tornate, poi?»

Giacomo rispose con imbarazzo un po' incerto:

«Ah, no, venirti a dar noia, sta bene, ma approfittarsene, no.»

Paolo non sapeva se rallegrarsi o se accorgersi di una punterellina di disinganno; era rimasto interdetto, senza parola. Giacomo osservò:

«Mi pare che tu dorma sempre.»

Infatti Paolo sentiva che i congegni della mente e dei sensi tardavano a ricollegarsi e a riprendere il loro ritmo regolare, e gli ci volle uno sforzo per dire:

«Non date tempo di conoscervi! Avete sempre furia: non state mai fermi.»

Ma sinchè non ebbe bevuto un paio di tazze di tè, non riebbe possesso delle sue facoltà.

«Io e Giacomo andiamo a far le valigie» disse la contessa provvisoria alla Fernanda. «Tu resta col marchese: penserò io alla tua roba.»

Nè Paolo nè la piccola ballerina avevano arte di conversazione, ma per i giovani, quando si sono simpatici, non ce n'è bisogno per star bene insieme, anche a mezz'ore, in un silenzio che alle persone di maggiore età e di più spirito, diventerebbe insoffribile. Per loro sarebbe stato invece un patimento di dover rompere quel benessere con un lavoro del pensiero. Se con l'età si acquista l'arte del pensare, si perde in pari tempo e misura quella di lasciarsi vivere, di lasciar scorrere su di sè i momenti buoni, come un'acqua corriva sulle erbe acquatiche che si piegano senza far resistenza al fil della corrente, rigandola appena del loro segno. Nel silenzio e nella pace premonitrice del tramonto, il vasto orizzonte si scolpiva, si animava di una luce più mite ma più intensa che frugava più addentro nel paesaggio; si distinguevano ora sui monti di Volterra che prendevano il colore del cielo, tanti paesini e gruppi di case dei quali non c'era stato sospetto prima, nelle masse confuse che si sbiadivano all'orizzonte: le valli si aprivano, le groppate scure di bosco si arrotondavano, i disegni dei coltivati si staccavano di netto, come incisi sui poggi. Più vicino, i botri del mattaione sdrucito dalle acque prendevano un risalto quasi roccioso, e le forme fantastiche delle cime che si sovrapponevano in una prospettiva senza fine, cominciavano a tingersi di un tono leggermente rosa che si sfumava calando a valle nel grigio nero cretaceo delle ombre.

La giovine donna si alzò con un sospiro a mezzo, e mise una mano sulla spalla di Paolo che era rimasto seduto:

«Tornerò un'altra volta sola, vuole?».

Quelle eran le parole necessarie per dissipare qualunque ombra di rimpianto dalla liberazione che provava nel vederli partire: restava con lui l'aspettativa di riavere questo piacere che cominciava a desiderare, e in condizioni migliori, anzi ideali: e, ad ogni modo, c'era, fra l'adesso e l'allora, un tempo indeterminato per farle diventar perfette con l'immaginazione, per avvezzare lo spirito a trovarcisi bene. Del resto, più che il suo ritorno, egli desiderava di sapere che potrebbe tornare; si sarebbe contentato di questo, sinchè, ai primi freddi, non sarebbe partito anche lui.

III.

Quella breve esilarazione che la tabacchina aveva provato a rievocare la sua libertà cittadina, doveva scontarla la sera stessa. In verità più che dai ricordi, le era rimasto addosso un certo calore, una vibrazione luminosa dalla vicinanza dei due giovani gentiluomini.

L'Armida non era ancora ventenne, e benchè cresciuta fra gente non precisamente raffinata, e trapiantata in un ambiente altrettanto rustico, – se ambiente si può chiamare il commercio con gli avventori e gli amici di Pulce che poteva avere, lui presente, in bottega – essa serbava ancora un po' di quella ingenuità istintiva della gioventù, che è come una cera vergine che aspetta di essere plasmata dagli eventi e dalle persone, e che di suo è tenera e dolce come la parola. Tutto quel giorno si sentì rischiarata da una luce rimasta in lei dal sorriso del giovane marchese.

Era un sentimento di bontà, e, direi quasi, di giustizia: una dolcezza così lontana dal suo solito vivere, che doveva elevarsi per esserne compresa, per sentirsene degna: e questo umiliarsi le dava l'agro piacere di un cilizio.

Quando Pulce, posando pesantemente i gomiti sul marmo del banco, e guardandola con disprezzo le gettò un: «Ci vogliono i conti e i marchesi per metterti l'uzzole addosso, a te» – ella si sentì colpita da una percossa ingiusta, e, smarrita in quella incomprensione, non riusciva a contraccambiare il disprezzo e l'odio del marito.

Era l'ora di cena. Due o tre uomini che s'erano attardati a bere con Pulce se ne andarono, e Pulce chiuse gli sporti, quasi a notte. Per poter servire qualche avventore che fosse capitato, ma succedeva di rado, a quell'ora, mangiavano nel retrobottega, così l'Armida poteva accudire al focolare e al banco nello stesso tempo. Pulce si sedette a tavola. Si rialzò il berretto di lontra che portava basso sulla fronte – una lontra che aveva ammazzata da ragazzo, quando viveva si può dire nella macchia, al rio delle Ferriere, raggiungendola alla corsa e uccidendola col coltello. Poi, di lontre non s'era sentito più dire, da quelle parti. Ora, pensando o piuttosto ascoltando gli istinti che si rimescolavano in lui, si grattava la fronte bassa al nascere dei capelli, che aveva crespi e duri.

Ormai odiava la moglie, ma più odiava sè stesso di averne avuto tanta voglia da sposarla. Se fosse stato più sincero con sè stesso, avrebbe dovuto riconoscere che il suo odio era così vivo perchè sentiva di averne bisogno ancora. E più che voglia di lei, era la necessità che non ne approfittassero altri; sapeva per esperienza quanto il menomo sospetto potesse farlo soffrire.

Ah, che bestia era stato a sposarla, a ribadirsi quella catena al collo! Se avesse aspettato ancora un poco, se avesse aspettato il suo momento, la pera sarebbe stata matura, e gli sarebbe cascata in mano, da sè. Una volta levatosi la voglia, non ne avrebbe voluto più. Ma anche in questo non era sincero: non l'aveva sposata tanto per averla per sè, quanto per portarla via da dove l'aveva conosciuta, da quelli che le stavano intorno, chè a ogni uomo che l'avvicinava gli pareva dovesse toccarne una parte. Si può dir che l'avesse vista crescere. L'Armida era figlia di una vinaia di Via della Vigna Vecchia. Pulce, quando andava in città con un carico di carbone o di legna, si fermava a mangiare un boccone lì. Accanto c'era la stalla dove rimetteva i barrocci, e quasi di faccia il deposito del negoziante col quale faceva affari. Dapprima, quando andava per aiutare il padre, vecchio ormai per quelle gite, avevan portato con loro pane e companatico, e si facevan dare soltanto un litro di vino. Allora l'Armida era una bambinetta lunga e magra, e sempre pallida, del pallore che hanno le creature che crescono in quelle strade scure, come quel grano in erba che vien coltivato al buio per ornare i Sepolcri, a Pasqua. Però su quel corpo miserello, ma non senza grazia, era già bellina di viso.

Per la morte di suo padre, Pulce stette tutta l'estate senza venire a Firenze. Quando calò, ai primi freddi, l'Armida non si riconosceva. Come da quel seccherello, da quella spilungosa malsana, fosse fiorita questa bella ragazza, era uno dei misteri dell'eredità, della necessità che ha la vita di sgorgare quando scocca la sua ora, per la quale pare che evolva a casaccio le sue più belle forme. La madre, la vinaia, diceva che era stato il mare quell'estate, a Viareggio. Fatto si è che Pulce da allora aumentò di parecchio i suoi affari in città, sino al punto di venire a fare il mercato del venerdì a Firenze, invece di quello d'Empoli, che gli sarebbe stato tanto più comodo.

Mangiava quello che piaceva alla vinaia di dargli, e si tratteneva a fumare sulla panca lungo la quale si allineavano i quattro tavolini che a poco a poco si sfollavano, sinchè non rimaneva che lui. L'Armida faceva ora da tavoleggiante, e ci volle del tempo prima che Pulce si accorgesse di soffrire alle occhiate, ai complimenti e ai gesti qualche volta scurrili che le avveniva di raccogliere dagli avventori. Quando però, dopo il desinare, gli altri dovevano tornare al lavoro mentre egli poteva trattenersi, si sentiva bene. La vinaia e il suo uomo, che non si sapeva se fosse ganzo o marito e che ad ogni modo era un briaco fisso buono soltanto per le fatiche grosse, si mettevano a tavola e ci stavano un pezzo. L'Armida invece dopo qualche boccone si alzava e si metteva sulla porta di strada. Allora Pulce andava fuori. Una volta gli riuscì di farla venire nella stalla accanto, a vedere i suoi cavalli. Nel buio caldo, nel buon odore delle bestie e del fieno, s'era accostato a lei, trattenendo il respiro, e, sentendo che non si scostava, l'aveva presa per le spalle e l'aveva spinta su un mucchio di fieno, cercandola tutta con le mani voraci e tremanti. Lei l'aveva lasciato fare per un po', poi Pulce se l'era sentita scappar via di mano come se fosse stata d'aria; una risata chiara e fresca gli era trillata nelle orecchie come il frullo di un uccello e era rimasto a raccattarsi su come da un precipizio, in quella buca nel fieno.

Quell'inverno l'Armida cominciò a andare a ballare. La venivano a prendere in comitiva, giovanotti e ragazze. Pulce arrivava qualche volta dopo un giorno e una notte di viaggio sulle balle del barroccio; magari l'aveva colto un temporale nei boschi, dove non c'eran case da ripararsi – è vero che cresceva di peso il carbone, – e arrivava a quello sporto illuminato che era diventato un po' casa sua, e dietro i vetri trovava l'Armida che aspettava la sua comitiva, impaziente. Per farsi vedere com'era bella, apriva il soprabito, mentre Pulce sbottonava il suo Casentino peloso e gocciolante, e appariva un'Armida fatta di veli e di seta, che tutta la bottega si ringalluzziva a vederla. Si faceva veramente bella. Pulce andava in cucina a appendere il pastrano vicino al foco, poi si metteva silenzioso sulla panca. Venivano a prenderla: amichette, sartine, modiste, della sua età, carine: avevan tutte quel garbo cittadino e quella maledetta grazia fragile della prima gioventù che par di sentirla rompersi mentre la si guarda. I giovanotti, imparò presto a conoscerli: uno specialmente, un marmista, che stava di negozio a due passi, in Via de' Rustici. Aveva il viso del suo mestiere: più che pallido, era proprio bianco. Dicevano che fosse malato di petto e che, con quella polverina di marmo che respirava, non sarebbe campato molto. Se avessero lasciato fare a Pulce, sarebbe durato anche meno. Ma nel viso affilato, i grandi occhi cerchiati e le mani trasparenti, aveva una certa grazia poetica che non è rara fra quei malati, poesia che si smentiva appena apriva bocca, nella parlata esosa esagerata dei bassifondi, che infiorava apposta dei peggiori riboboli. Si dava dell'arie di artista, e di «dài» che sarebbe come dire tirannello delle comitive. Questo giovanotto si impossessava dell'Armida. Si vedeva bene che era un poco di buono e l'Armida ne era impressionata, dominata. A incontrarsi le prime volte, Pulce e lui s'erano come annusati, e si giravan d'intorno sospettosi e disprezzevoli.

Una sera di carnevale, Pulce era arrivato a notte. Tra staccare e rimettere il barroccio, aveva fatto tardi: la vinaia chiudeva. Però, per lui, s'era trattenuta e gli aveva riscaldato una scodella di minestra e un piatto di fagioli: l'Armida era fuori a una festa da ballo. Era triste la bottega quella sera; deserta, fuor d'ora. La vinaia s'era confidata con lui de' pensieri che le dava la ragazza: voleva fare a modo suo, andava fuori quando e dove le pareva, senza dirle nulla. Lei non le poteva star dietro: doveva stare a banco. S'era messa con un branco di giovinastri e di ragazzine sveltoccie che non le piaceva nè punto nè poco. Da qui innanzi ci sarebbe voluto un marito per l'Armida, un uomo sul serio, come intendeva lei, e non perdersi con qualcuno di questi tisicumi pieni di vizi, che son buoni a rovinar le donne e poi a farsi mantenere.

Pulce capiva, ma invece di rallegrarsi della protezione materna, si rabbruniva più che mai. Bevve anche più del solito. Poi, nella notte rigida, passeggiò un pezzo su e giù per quei vicoli in curva che sembrano avvolgersi e tornar su sè stessi, sinchè non si infreddolì tutto e, passando davanti alla porta illuminata di un locale equivoco, entrò; stette un gran tempo a sedere sulle panchine rosse, a farsi schifo. Quando uscì, si sentiva proprio un cencio. Per andare a dormire, traversò da Borgo de' Greci e vide arrivare a gran trotto una vettura dalla parte di Piazza Santa Croce.

A cassetta, al posto del vetturino, c'era il marmista con in capo la tuba e la frusta in mano, e la schioccava accompagnandola con degli Oèp! che rimbalzavano fra le mura della viuzza stretta. Davanti alla bottega, fermò di schianto, e mancò un ette che il cavallo non andasse in terra, spinto dal peso che gli si riaccollava addosso. Pulce era fermo, davanti allo sporto. Il marmista doveva esser brillo. La carrozza straripava: di sulle ginocchia di vari giovanotti l'Armida e altre ragazzette più o meno scarmigliate affogavano dal ridere e dalla confusione: nel rinculo della vettura si eran trovati buttati l'uno sull'altro in un groviglio agitato di gambe e di braccia. Intanto il marmista, che aveva ricambiato la tuba col suo cappello a cencio, s'era volto a Pulce e lo guardava da vicino tra l'insolente e l'incredulo. Certo, se quel che rimaneva della dignità dei vecchi palazzi, già tanto diminuita dal senso di miseria inconfessabile proprio di quella strada, era urtato dalla vivacità della comitiva, dalle esclamazioni che in una isterica confusione si elevavano dalla carrozza, non meno disdiceva allo stato mentale del giovanotto, la figura scura e malevola dell'uomo di campagna. Pulce era di fuori quale era di dentro: torbo, ispido come un animale di macchia pronto alle difese. E il marmista non trovò di meglio che dire:

«Toh! c'è anche questo montanaro! O a letto, al vostro paese, quando andate?»

Pulce non rispondeva, e un silenzio freddo cadde sulla comitiva. Quelle parole che avrebbero anche potuto essere scherzevoli e innocenti, avevano un suono tutto diverso, troppo convincente; e le risa isteriche delle giovinette, gli scherzi dei giovanotti caddero istantaneamente lasciando i due uomini l'uno di faccia all'altro, come due lottatori nell'arena. Si guardarono un po'; poi il marmista con un'alzata di spalle si voltò verso la carrozza, e si mise a aiutare l'Armida a scendere. Gli altri rimasero sopra con la probabile intenzione di farsi strascicare alle proprie case, ciò che per alcuni di loro, dato lo stato in cui erano, era non soltanto piacevole, ma necessario.

L'Armida si trovò così fra i due, e a metter la chiave nell'uscio di bottega, le tremava un poco la mano. Aprì finalmente e con una mossa repentina del braccio girò l'interruttore della luce. Entrò con lei il marmista, e dopo un attimo di esitazione anche Pulce, il quale ancora non aveva aperto bocca. Il giovinotto, malgrado la mimica disperata dell'Armida, la prese spavaldo per la vita, le portò di forza il viso sul suo e si mise a baciarla sulla bocca tenendola stretta contro di sè sino a mozzarle il fiato. Pulce guardava senza muoversi. Ma l'Armida si divincolava e già era riuscita a liberarsi da quella morsa, quando il giovane l'afferrò per il polso:

«Hai paura di quel tànghero?»

Allora Pulce con un solo pugno sotto al mento lo stese in terra.

Come se si fossero data parola, s'erano riuniti davanti alla bottega quanti nottambuli vagassero fra Sanfirenze, Piazza della Signoria e Piazza Santa Croce; e a dir vero, non era una bella accozzaglia. Visto l'atto sbrigativo, i compagni del marmista, scesi a precipizio dalla vettura, erano entrati in bottega e, dandosi delle arie burbanzose, stavano per interloquire, quando il giovanotto cominciò a rialzarsi. Pulce l'aspettava, ma gli altri l'avevan preso per le braccia, di dietro. E nelle mani libere dell'avversario si vide lucciccare: il coltello. Allora Pulce si fece verso di lui con la testa, trascinandosi dietro i due che lo stringevano ai polsi, sinchè non se ne svelse; e senza dargli tempo di muoversi, con un altro pugno sotto al mento come il primo, lo stese di nuovo per terra. E si rivoltò verso gli altri, i quali non dettero però segno di volersi immischiar di affari che in fondo non erano i loro.

Il coltello era volato via nella caduta: Pulce lo raccolse e se lo mise in tasca. Ci fu un po' di silenzio e d'incertezza; quanto bastò all'Armida per vedere sulla scala sua madre in camicia e berretto da notte, con diversi scialli ammontati sulle spalle, che contemplava la scena, forse con meno orrore che interesse.

Quasi con orgoglio, quando ne vide il risultato, la vinaia gridò: «Bravo Pulce!» e aggiunse con energia: «E ora tutti fuori: via!»

I compagni assisterono il marmista ad alzarsi e lo condussero in istrada, tenendolo per le braccia perchè non si rivoltasse, come minacciava di fare, brontolando. Dietro di loro sfilarono quelle tre o quattro disgraziate donnucce di marciapiedi e quei sei o sette mezzani e manutengoli che costituivano il pubblico, con un senso di disinganno, come se al teatro per indisposizione del tenore, li avessero mandati via al second'atto.

Pulce era rimasto lì, inchiodato al suolo. Quando la vinaia ebbe chiuso lo sporto dietro all'ultimo nottambulo, a veder Pulce, sentì verso di lui quella tenerezza che hanno le madri per colui che hanno prescelto per far la felicità della figlia, quando dà qualche prova di sè. E volle che si rifocillasse subito, e gli girava intorno manifestando quell'ammirazione della destrezza e della forza fisica che è così giusto che la donna abbia per l'uomo. Bisogna anche dire che Pulce aveva fama di danaroso: il negoziante di carbone col quale faceva affari aveva qualche volta avuto in mano per parecchie migliaia di lire di merce sua, senza che Pulce dimostrasse di sentirne la mancanza.

Ma certo più era soddisfatta perchè era sicura che ormai la figlia non penserebbe più a quel cencio lavato del giovinastro. Sapeva per esperienza di che si trattava, era in grado di far con precisione la diagnosi delle passioncelle viziose che sanno destare e coltivare quel genere di giovani. E tirò un sospiro anche lei quando l'Armida, distendendosi, come una molla che si scarica, da tutte le emozioni provate, si mise a piangere, forte forte: era piena zeppa di singhiozzi.

IV

Nel largo senso di liberazione e di vasti orizzonti che seguì alla visita intempestiva dei suoi amici, Paolo sentì più intensamente la grande fortuna che gli era toccata di ereditare con la terra degli avi quel benvolere della gente che viveva intorno alla villa e che gli apparteneva di diritto in quanto era il padrone, come un di quei titoli nobiliari che risiedono geograficamente nel possesso di una terra. Ciò gli era più particolarmente sensibile nel caso di Stefano, il capocaccia, e di un altro guardia, di nome Mazzingo, il quale sino a pochi anni prima era stato, si può dire, la sua guardia del corpo. Era questi il figlio di una contadina che gli aveva fatto da balia quando alla marchesa sua madre era mancato il latte. Nel crescere, diventò naturalmente il suo compagno di giuochi, poichè la balia era rimasta in famiglia per vari anni, dopo l'allattamento; e anche quando essa ritornò al podere, Mazzingo era rimasto intorno a fattoria e villa con la scusa di qualche mestieruccio, a far da guida a Paolo nelle imprese monellesche per le quali, in quella felicissima età dei ragazzi che hanno la fortuna di vivere liberi in campagna, s'imbrancava volentieri con la ragazzaglia del paese e dei contadini. Questi lo trattavano sì con un certo rispetto, ma quando si buttavano in una vera e propria avventura, una di quelle gesta che diventano così facilmente eroiche nella fantasia dei ragazzi, ogni differenza spariva, e vivevano tutti ardentemente la gioia di quelle imprese che avrebbero, se le avesse conosciute, fatto rabbrividire di spavento o di disgusto la marchesa. Il padre di Paolo favoreggiava questa libertà, pur dubitando, per esperienza sua, dell'uso che ne faceva; e alle rimostranze della moglie rispondeva sempre:

«Meglio che in collegio; te lo dico io che lo so.»

Ma se l'affetto di questo Mazzingo, dopo dieci anni di separazione era sempre più forte e naturale, più personale, più per lui in quanto era Paolo, questi sentiva con orgoglio che la devozione del guardiacaccia Stefano era di un altro metallo, andava più in alto della sua persona, investiva la casata, la tenuta, il nome, in un sentimento di onore e di dovere, quasi come la consegna di un ufficiale o la vocazione di un sacerdote. Stefano non era un uomo espansivo, del resto non avrebbe saputo esprimersi, ma Paolo a esser vicino a lui si sentiva protetto, sicuro; e quella protezione che investiva quanto gli apparteneva, lo faceva talvolta persino cambiare di umore, e quando, come è naturale alla sua età, s'impazientiva delle seccature che nella vita di campagna non mancano, gli rendeva quella serenità giusta e florida con la quale le belle giornate di quell'autunno si avviavano verso l'inverno.

Poichè qualche volta Stefano gli incuteva rispetto e anzi persino soggezione, si stupì di vedere che il guardia non si allarmava affatto dell'insistenza che egli metteva a voler passare di paese, e a fermarsi all'appalto. Gli parve che quella severità che non andava disgiunta alla dirittura e alla fermezza del carattere di Stefano, dovesse fargli risentire un certo biasimo della sua preferenza per la bella tabacchina. Ma invece di adombrarsene, quando le loro gite di caccia o semplicemente di sorveglianza dei poderi, erano lasciate all'iniziativa del guardia, pareva che questi mettesse una certa intenzione nel finir quasi sempre col ritrovarsi sulla strada del paese, al ritorno. Un giorno anzi gli suggerì:

«Perchè non invita Pulce a venire a caccia con lei, qualche mattina? Se se ne vuol fare un amico, quello è il modo. E badi, è meglio averlo per amico, Pulce. È un uomo che ha pochi spiccioli. Anche per motivo di quella bella moglie che ha. Dicono che abbia fatto passar la voglia ai bellimbusti del paese di ronzarle intorno. Io ci ho poca confidenza: lei lo capisce; gli ho fatto qualche contravvenzione, tempo addietro, ma se glielo dice lei...»

Da una parte pareva che ci soffrisse a fargli questi discorsi, e Paolo cominciava a credere che volesse far rientrare nelle sue mansioni anche quella di spianargli la via in quel senso, benchè contro la sua coscienza, in fondo; ma che il dovere di far la volontà, il piacere del padrone venisse in prima linea; e Paolo, senza andar troppo per il sottile, ne approfittava non solo, ma gliene era grato. Però le sue fortune non prosperavano, si erano arenate: ormai non gli toccava più che qualche saluto dalla finestra.

«Gli dica che ha sentito parlare di come lavora sulle starne il suo cane; come quello non ce n'è altri: è un diavolo. Par che gli abbia insegnato tutte le sue malizie. Quando quel cane veniva in bandita, da come andava cauto, pareva che avesse letto i cartelli! Ma, già, che vuole, Pulce e il suo cane eran due anime in un nocciolo; scommetto che prima d'aver moglie portava lui a letto con sè. E a vederlo, non gli se ne darebbe due soldi.»

Quando Paolo si decise a farlo, per combinazione prese Pulce in un momento di avvilimento. E questi gli fece persino – cosa veramente straordinaria per lui, – qualche confidenza. Ma forse aveva bevuto. «Eh, a caccia.... a caccia si va bene quando siamo liberi, signor marchese. Già io nelle bandite invitato non ci vo. Io cacciavo per conto mio, quando cacciavo. Ma ora bisogna che guardi alla bottega, altro che caccia!»

Infatti, se lo smercio dei generi di privativa era sempre il solito non essendoci altro appalto in paese, non si poteva dir lo stesso della mescita. Le mossacce che Pulce faceva a chi azzardava qualche parola di più con la moglie, e in genere il suo malumore, avevano sviato la corrente degli avventori, i quali eran tornati a frequentare le Stanze che prima avevano abbandonato per la bottega di Pulce, più rumorosa, più aperta sulla strada, più animata di spirito di fronda. Pulce era giunto quindi alla determinazione di non tener più la moglie in bottega e di confinarla, si può dir quasi, di chiuderla, in quelle due camere sopra alla bottega. Ma, o fosse troppo tardi, o che anche quella mossa fosse stata risentita dagli ultimi che forse rimanevano ostinati per motivo della presenza di quella donna piacente, a uno a uno anche questi abbandonarono la bottega allo squallore della musoneria di Pulce. Ora avrebbe potuto tener la sua donna in bottega finchè voleva: non c'era più pericolo di occhiate, di sorrisi, di chiacchieratine. Ma Pulce l'avrebbe chiusa in un sottoscala, se avesse potuto. E stava lì a mangiarsi l'anima gelosa.

«E allora, se non potete venire, prestatemelo qualche giorno, il vostro cane; mi hanno fatto un gran dire della sua bravura. Mi piacerebbe di vederlo lavorar le starne.»

Pulce sorrise, tra superiore e dispregiativo:

«Prestarglielo? Prima di tutto, appena sciolto, metterebbe la coda fra le gambe e tornerebbe qui, anche se fosse venti miglia distante. Poi, con lei non caccerebbe. Quel cane lì, non caccia che con Pulce. E mi scusi, ma un cane come il mio, non s'impresta. Piuttosto la moglie, guardi un po' che cosa mi fa dire, signor marchese!»

Pulce si riscaldava, fosse il vino o i ricordi, che fermentavano in un miscuglio leggermente inebriante.

«Già, lei non se lo può neanche immaginare che cosa sia un cane come quello. Mi fanno ridere quelli che dicono dei cani avvezzati alla parola: con lui non c'è bisogno della parola. Il mio cane mi guarda negli occhi, e sa quel che deve fare. Li ha visti, alle fiere, quelli che fanno l'ipnotismo, la trasmissione del pensiero? Questi ignoranti non ci credono, non credono a nulla, perchè non sanno nulla. Io, sì. Io sì che ci credo: la trasmissione del pensiero: quante volte che non mi poteva vedere, e io non lo potevo chiamare per non farmi sentire, – eh, anche in bandita sua – che era puntato per qualche botro sulle pernici o sul fagiano, non me lo son visto ritornare per la strada mogio mogio? Che dice? Avrà saputo lui che mi davan dietro i guardia? No, povera bestia, chè è una bestia, benchè si meriterebbe d'esser un cristiano più di tanti che conosco io; ma lui sentiva che io lo chiamavo, nella mi' testa, che gli dicevo di venir via, pian piano e subito. E lui, che sennò a puntare ci sarebbe stato sino a morir di fame, veniva via. Come lo spiegherebbe lei, sennò?»

E si versava un bicchier di vino:

«Vuol favorire, signor marchese? Però che bestie sono, i cani!»

Si rasciugò le labbra col rovescio della manica:

«Lo vuol vedere?»

«Sicuro; se è codesto gran paragone.»

Pulce dette una voce nelle scale:

«Armida, porta giù Lampo. C'è il signor marchese.»

Questa cautela non sarebbe stata necessaria per la giovine donna che sapeva da un pezzo chi era in bottega, e già s'era tutta acconciata per quel solito saluto che si scambiavano tra strada e finestra, ma servì a metterla in guardia sull'espressione che doveva prendere perchè Pulce non si sognasse di avere sospetti. Sospettare? E di che? Poi, giacchè la chiamava, voleva dire che se qualche lontano sospetto era passato dalla mente di Pulce, adesso s'era calmato. Bisognava non risvegliarlo. Ma parve che anche nella mente del marito si formasse l'ombra di un'idea, perchè disse:

«Però, signor marchese, quel suo amico dell'altro giorno, salvo il rispetto, deve essere un poco di buono.»

«Eh, – disse Paolo ridendo – non vi dico che sia uno stinco di santo. Ma è andato via subito.»

«Sì, s'è visto passare. Con certe signorine...»

Ah, quelle signorine, come le aveva mangiate con gli occhi, l'Armida! L'automobile era costretto a andare a passo d'uomo nel caseggiato per motivo dei cani che non si scansavano. Quale era quella del marchese Paolo? Doveva essere la più piccola; era più fine, più distinta. Era bellina, sì; ma se lei, Armida, avesse potuto azzimarsi e curarsi a quel modo, non ci sarebbe stato paragone!

Come aveva desiderato di esser loro, di andar verso quella vita tutta di luce e di piacere! Erano poco di buono! Che delizia essere una poco di buono! Come avrebbe saputo esserlo anche lei, ora che aveva provato a far la donna per bene! Bella lo era: per lo meno come loro. E esser chiusa in quelle due stanze, per tutta la gioventù, che passa e non ritorna, con quell'orso di uomo a far da guardia!

Nel suo angolo d'ombra, la donna tenendo il cane al guinzaglio, non aveva alzato gli occhi se non per dare a Paolo un fugace e modesto buongiorno. Il cane era saltato addosso a Pulce che moriva di piacere a reggere le zampe della bestia sulle spalle, a sentirne tutto il corpo contro il suo. S'era seduto su di uno sgabello per tenergli il viso sul viso, gli occhi negli occhi; e il cane lo leccava con certe grosse linguate che gli facevano girar la faccia ora da una parte ora dall'altra per scansarsi, mentre rideva di piacere. Il cane era tutto un brivido dalla coda a quel suo naso umido come un fungo.

Quando Pulce si scostò per farlo vedere, aveva il viso tutto bagnato e gli luccicavano gli occhi.

Era veramente un bel cane: e di una razza ormai rara: uno spinone. Il pelo grigio bianco, quasi azzurrognolo, pezzato di un marrone rossigno, benchè finissimo alla carezza, alla vista pareva ispido come quello di certi cani bastardi da cinghiale; e sul muso specialmente, intorno agli occhi, sotto al mento, si affoltiva in certi ciuffi come di sopracciglia baffi e barba spumosi e leggeri. Ritto con le zampe sulle spalle di Pulce, era parso gigantesco. Aveva negli occhi quella espressione seria grave e pensierosa dei cani da penna, che fa supporre in loro una tenerezza che forse non sempre hanno, ma che non è nemmeno da mettersi in dubbio per chi ne possiede uno. Paolo si chinò sul cane e gli sollevò il mento con la mano per guardargli il muso: il cane gli annusò i calzoni, e mosse la coda in segno di amicizia o per lo meno di tolleranza.

«Questo è un bel fatto! Ma sa che codesto cane non si lascia toccare da nessuno? A chi non lo conosce dà addosso come un mastino; l'ho avvezzato io perchè non me lo prendessero i guardia nelle bandite. E da lei, guardi un po' che si fa prendere per le mascelle! E poi mi vengano a dire che i cani non ne sanno più dei cristiani!»

Quando Pulce riportò via il cane, i due giovani rimasero qualche momento soli, in silenzio, imbarazzati. Poi per fare il disinvolto Paolo si mise a parlare del suo amico cittadino che lo avrebbe voluto portar via con sè:

«Lo sa che diceva? Diceva che io restavo quassù per motivo di lei.»

L'Armida diventò rossa e, tutta eccitata, non si potè frenare di chiedere, vergognandosene però:

«Di me? Dica piuttosto qual'era la sua, di quelle signorine; la più piccola? Quella più bellina?»

Paolo s'era messo a ridere:

«Mia? nessuna!»

E di fronte al gesto di dileggio di lei che era come a dire:

«Ma che mi vuol dare ad intendere!» – aveva insistito:

«Parola d'onore. Non c'è stato nulla, nulla.»
Ma non gli era riuscito di convincerla.

V

Non bisogna credere che la bella Armida occupasse molta parte della vita e del pensiero del marchese Paolo Martorelli di Ciciano. Si può dir che, almeno in apparenza, essa non ci entrasse che quando egli passava di paese: si associava al suo bisogno di rifornirsi di sigarette; e, con le ultime case, gli ultimi riflessi della sua immagine cadevano molto naturalmente da lui. Forse gliene rimaneva, in qualche angolo riposto ma sensibile, un'eco, una vibrazione molto in sordina benchè continua, senza però che egli se ne accorgesse. D'altra parte la sua vita continuava il suo corso normale e segnatamente i suoi maturi amori con la contessa Elisa, che a noi però non interessano. Perciò la soddisfazione di essersi guadagnato l'animo di Pulce fu di breve durata; non così avvenne per il guardiacaccia Stefano, il quale ne tenne il più gran conto. Se però da quel passo avanti nella benevolenza di Pulce, si fosse aspettato un progresso nei rapporti almeno amichevoli del marchese con la bella Armida, si sarebbe ingannato. Infatti dopo quel colloquio Paolo ripassò varie volte dalla bottega, senza nemmen vederla; mentre Pulce era diventato docile come un cane, e pareva che cercasse, non solo di conservarsi nelle grazie di Paolo, ma di esprimergli a modo suo qualche riconoscenza. Ormai Pulce era rimasto isolato nella vita del paese, e questa familiarità col marchese gli era di grande conforto per il suo amor proprio. Aveva preso a accompagnarlo sin fuori del paese parlandogli di caccia, anche per farsi vedere da chi era per istrada. Stefano si tratteneva un po' addietro, facendo in apparenza un muso piuttosto òstico, mentre dentro di sè si sentiva rallegrare tutto. Per lui era come se vedesse la bestia traccata da tanto tempo, entrare a poco a poco nella trappola verso la quale la si è spinta, senza che ne abbia sospetto. E una sera decise di fare un passo più ardito.

Ciciano paese sorge su una costola del mattaione, e quasi da ogni lato, a pochi metri dietro all'abitato si cammina sull'orlo di profondi abissi cretacei. Una doppia fila di case s'incurva lungo la strada che serpeggia nel massimo spessore del ripiano. Dietro ad alcune di esse c'è un po' d'orto: altre si spenzolano subito sul botro. Nelle sue osservazioni Stefano aveva scoperto che poco oltre la casa di Pulce un sentiero, o piuttosto un passo, calava giù tra le fratte sin nel fondo del burrone e, benchè paresse, a guardar di sotto in su, che nemmeno una capra si potesse arrampicare sino in cima, pure, a forza di giravolte tra gli sdruci della creta, veniva a rifinire a una siepe di roghi che chiudeva, per modo di dire, l'orticello di Pulce. Certo quel passo doveva essere stato di grande aiuto alle spedizioni notturne di Pulce quando faceva il bracconiere, dandogli modo di partirsi di casa e di tornare senza che nessun lo sapesse, da una porticina a muro che quasi non si distingueva nell'intonaco scuro e cadente.

Dunque, una volta che il marchese e Stefano tornavan quasi a sera – già la notte allungava ogni giorno un passo, e succedeva di lasciarsi sorprendere per istrada dal buio – quando furono a circa cento metri dal paese, Stefano, mostrando in silenzio al padrone il viottolo, prese dietro alle case. Il viottolo costeggiava la dentellatura del botro, spenzolandosi sull'orlo delle crepe profonde. Quando furono all'altezza della casa di Pulce, il guardia si fermò e stette in ascolto. Gli pareva di aver udito un passo. Il rumore non si ripetè e allora egli si avvicinò piano alla finestra del pian terreno e guardò dentro, ciò che poteva fare senza rischio di esser visto poichè la luce stessa della bottega lo nascondeva. In bottega c'erano due bambine e l'Armida le serviva: segno sicuro che Pulce non c'era. Allora Stefano fece segno al padrone che venisse a guardare anche lui. Le bambine presero i loro involti e andaron via. L'Armida stava per risalire, quando Paolo, senza dar tempo al guardia di rattenerlo, bussò un colpetto al vetro del finestrino. La videro guardarsi intorno spaventata, poi star ferma in ascolto e non udendo altro, avviarsi di nuovo verso le scale. Nel far questo, dovette passare proprio accosto alla finestra, e Paolo, quando essa ebbe il viso all'altezza del suo, bussò di nuovo, sporgendosi fra le sbarre dell'inferriata. A vederselo così vicino, quasi addosso, franco e ridente, la donna alzò le braccia in atto di terrore e l'udirono dire:

«Misericordia!»

Poi stette un po' in forse: finalmente aprì il vetro e sporgendosi fuori disse sottovoce:

«Ma è diventato matto? Vada via subito; potrebbe tornare da un momento all'altro! Mi vuol rovinare, me e lei. Vada via, vada via!»

La videro voltarsi:

«Eccolo.»

Il finestrino si richiuse, Stefano prese il padrone per una manica e lo trascinò a furia pel sentiero che calava nel botro, e sinchè non furono scivolati in un fondo dove l'ombra di un covo di sterpi li nascondeva, non ripresero fiato.

Pulce nell'aprir la porta della bottega aveva subito visto la moglie spenzolata alla finestra e s'era fatto a lei in quattro salti, e nel mentre essa balbettava: «Mi pareva di aver sentito gente, guardavo se c'era nessuno» l'aveva scostata, e s'era messo alla finestra: ma non si vedeva nulla, nel buio. Allora aperse la porticina a muro e stava per correr fuori quando si rammentò di qualche cosa: rientrò, staccò il fucile dall'arpione dietro al banco, e fu fuori. Sapeva che non si poteva scendere la balza del mattaione se non dal passo che conosceva lui solo; del resto, nel buio, nessuno avrebbe avuto il coraggio d'avventurarcisi. Quindi, poichè gli pareva di aver udito l'Armida parlare, era sicuro di trovar gente. Ma il viottolo di cima in fondo era deserto: non c'era, non ci poteva essere nessuno. Andò da una parte, poi dall'altra, guardò negli orti, spiò negli angoli e nei rientri delle case: nessuno. Era ormai freddo, la sera; e a quell'ora tutti dovevano essere a tavola. Prima di rientrare in casa, stette un pezzo sull'orlo del balzo a scrutare l'abisso del buio che s'apriva ai suoi piedi. Era triste, Pulce, e gli piaceva, ora, quell'orrido. Al di là del botro, altre costole del mattaione, nel rattenere sui crinali l'ultimo chiarore del crepuscolo, si accavallavano come grosse onde oleose di un oceano pietrificato. A un tratto vicino a lui, perfida come una risata di scherno, sghignazzò una civetta e lo fece riscoter tutto. Disotto, quasi a picco, Paolo e Stefano, vedevano la sua figura netta come se fosse ritagliata, profilarsi sul cielo cupo, espressiva e maligna come un viso. Quando, col fucile imbracciato, lo videro chinarsi sul botro, dimenticando che egli non poteva vederli benchè loro lo vedessero così bene, fecero per chinarsi nella macchia, ma il rumore che facevano gli sterpi li rattenne. E non fiatavano. Stefano viveva ancora una volta la sua notte di martirio. Gli pareva di sentire le braccia che sortivano come se fossero vegetale dalla macchia, che lo afferravano, lo legavano, lo imbavagliavano. Poi gli schiaffi, lenti, sulle gote di fuoco, sinchè pareva che ogni manata cadesse sulla carne viva, spellata. E, mescolata alla sofferenza, la gioia atroce di riconoscer Pulce: quelle mosse secche e agili, quella corporatura piccola e muscolosa che non si potevano confondere.

Ora, forse proprio in quel momento, Pulce cominciava a soffrire, a rendergli un po' del patimento che aveva inflitto a lui. Ma prima di far pari!... Risentiva il dolore infiggersi nelle carni sinchè non ne potevano più. Poi, i mesi di umiliazione, sorda, silenziosa...

Denunziarlo? E le prove? Era solo. Poi non bisognava denunziar nulla a nessuno. Bisognava vendicarsi, da sè, con le proprie mani. Non erano i carabinieri che potevano far giustizia: anche se lo avessero chiappato e gli avessero appioppato qualche anno di prigione, del gusto che aveva provato Pulce con le sue proprie mani sulla sua faccia dolorosa, bisognava vendicarsi da sè con un gusto almeno uguale: far pari, insomma. Avrebbe potuto aspettarlo qualche giorno in bandita, tirargli addosso, dire che aveva sparato per legittima difesa. Ah no: seccature con la legge non ne voleva: se fosse andato a finire in galera lui, e Pulce fosse guarito, le beffe eran sue.

Ci voleva un'altra vendetta: una vendetta meno scoperta, ma più crudele, atroce come era stata l'offesa. Col tempo l'avrebbe trovata, l'occasione gli sarebbe capitata: tanto, di dimenticarsene non c'era pericolo. Dunque, silenzio. E forse ora si rivoltavano le carte: la partita non era finita...

Tutto questo passò nella mente di Stefano mentre Pulce senza saperlo, nel buio, lo fissava diritto negli occhi, e, a girare il fucile imbracciato sul baratro, l'aveva avuto in mira a varie riprese. Non sapeva ancora come, nè per che strada, ma sentiva che ormai, per una fatalità che nessuna forza avrebbe potuto arrestare, la rete cominciava a chiudersi intorno a Pulce ineluttabilmente, che il giorno della sua vendetta si avvicinava e che sarebbe stata degna degli schiaffi e degli strappi sul viso spellato. E quando Pulce, rientrando il capo nelle spalle, si buttò il fucile a tracolla e mosse verso casa, Stefano lo compatì quasi.

Sortirono allora dal nascondiglio, e, digradando ancora più in basso nel botraccio, si trovarono al limitare dei campi. Stefano, come se non fosse successo nulla, disse al padrone:

«Vede: quaggiù in queste buche del mattaione ci covan due tassi, e ora che vanno a mangiar l'uva, chi si mettesse all'aspetto in quel roveto una sera di luna, tirerebbe di certo.»

E, dopo un poco di tempo, come addentrandosi fra i filari riuscirono alla strada del basso, aggiunse ridendo a bassa voce fra sè e sè:

«Ci vorrebbe Pulce. Per la caccia di notte non c'era l'uguale.»

Rise anche Paolo, un riso più spensierato, e aggiunse:

«Ma Pulce a caccia di notte non ci viene.»

Stefano riprese con intenzione:

«Eh, chi lo sa? Ma bisogna che sia caccia di molto grossa.»

E a voce più bassa riprese:

«Senza scherzi: signor marchese, si riguardi: Pulce è capace di tutto. Sinchè lei è con me, non ho paura: ci penso io: ma solo, non s'azzardi: c'è da pigliarsi una schioppettata: io lo so di positivo.»

VI

Per la prima volta in vita sua, Paolo, quello scorcio d'autunno prendeva interesse alle faccende della fattoria. Andava nei poderi dove vendemmiavano e ritrovava uomini quelli che erano stati i compagni delle sue monellerie. Certe che ricordava ragazzette desiderabili nei primi impeti della sua adolescenza, le rivedeva ora con un branco di figlioli: massaie. Provava quella gran soddisfazione di sentirsi legato alla sua terra dalle memorie, gli pareva che sarebbe stato bello viver sempre quassù, senza far altro, senza mai andare un giorno via.

Una mattina che lui e Stefano erano passati dall'appalto, avevan trovato l'Armida sola. Stefano allora s'era messo nel vano della porta, dietro la tenda, in modo da lasciarli soli, e da non esser visto di strada, pur potendo sorvegliare.

Nel veder Paolo venir solo verso di lei, l'Armida si era sentita mancare il respiro, come uno che nuota in un mar in burrasca e si sente affogare, e non aveva potuto rispondere al saluto allegro di Paolo. Questi aveva subito risentito quanto era forte la impressione subita da lei, e ne aveva quasi avuto paura, insieme a quel piacere profondo e naturale del maschio quando si accorge che ormai non ha che da agire. E invece di quella conversazione leggera o scherzosa che s'aspettava, gli venne fatto di dir subito, e se ne stupiva nel dirlo:

«Allora, Armida, stasera ripasso, dietro l'orto?»

«Ma è ammattito davvero, signor marchese? Un pari suo... Poi senta: io sono una donna onesta, e onesta voglio restare. È tanto pericoloso in paese. Vedono tutto, sanno tutto... E me, m'hanno tanto a noia. Mi lasci stare, mi lasci tranquilla.»

«Ma chi vuoi che ci possa vedere? Quando Pulce va alle Stanze...»

«Ma non lo sa che Pulce...»

«Il buio è nero per tutti gli occhi.»

«Eppoi, tanto è inutile. Io sono una donna onesta.» Ripeteva queste parole con tristezza, come di fronte a un ostacolo insormontabile e sconsolante. Parlavano attraverso il banco, senza guardarsi, a respiri.

Finalmente l'Armida lo guardò in faccia: pareva che gli chiedesse una carità:

«Ma perchè mi tortura così?»

Paolo alzò le braccia e le lasciò ricadere giù in un gesto d'impotenza: «Lo sapessi, io!» e restarono un poco a guardarsi, senza dir nulla. Paolo si sentiva un po' triste: aveva forse pietà di lei e sentiva nascere una certa tenerezza, ma il suo istinto d'uomo giovane era più forte, pareva quasi un dovere.

In quella Stefano rientrò in bottega, e disse, con indifferenza:

«Vien Pulce.»

Paolo si ritirò dal banco gettandole in un soffio:

«Insomma stasera ripasso: se c'è lume, aspetto; se è buio, vo via.»

A trovarsi a faccia a faccia, Pulce e Stefano non dissero nulla, e fu il primo Stefano a dare il buongiorno. Poi a veder Paolo, Pulce si rallegrò:

«Sa,» disse, «forse gli ho trovato il cane. Uno come il mio.»

«Davvero?»

«Sissignore. Verso Gambassi, c'è un cacciatore che li ralleva. Ho dato la voce. Anzi, se vuole, è l'ora della postale, c'è un carbonaio che è venuto di lassù stamani, gli si potrebbe dar l'incombenza. Se lei crede...»

Paolo non voleva impegnarsi lì per lì: «Ma, senza vederlo?»

Pulce lo portò con sè. Aveva piacere di farsi vedere in paese con Paolo; ne risentiva un certo prestigio, sebbene diverso da quello di prima:

«Appunto, è bene che ci ragioni lei.»

Stefano restò nella bottega e si mise a sedere, rigirando il cappello tra le dita; pensieroso.

L'Armida lo guardava. Benchè a pensare alla storia che aveva raccontato Faìlle, non potesse che compatirlo, bastava guardarlo per capire che ogni compatimento era fuori luogo. Prima di fare il guardia, Stefano era stato molti anni carabiniere e glien'era rimasta l'andatura impettita e un fare militaresco, franco e serio, Aveva i capelli grigi tagliati corti a spazzola, piuttosto bassi sulla fronte, e la pelle della faccia grinzosa e scurita dalla vita alla grande aria aperta. Del resto aveva le fattezze regolari, era piuttosto bello, e aitante nella persona, quasi imponente. Ma farsi insultare, lasciarsi straziare a quel modo senza rivoltarsi?

Chissà perchè, a guardarlo, si sentì diventare inquieta, e per rompere quell'impressione, gli disse:

«Mi dite perchè siete sempre serio a quel modo, anche con me? Eppure io m'intendo con tutti. Ma voi non praticate mai nessuno, state sempre zitto.»

Stefano aveva alzato la testa:

«Capirà, a me mi voglion bene pochi. Io devo fare il mio dovere. In paese son tutti cacciatori, e, se non si facesse il muso duro, sarebbero sempre in bandita. Poi lei è la moglie di Pulce, e Pulce m'ha fatto tribolare, ai suoi tempi...»

L'Armida lo guardava con un interesse quasi complice, come un'intesa. Allora Stefano disse:

«Forse con lei se ne sarà vantato, di quella notte...»

L'Armida, senza provare nemmeno a fingere, gli domandò:

«O perchè non lo faceste arrestare, allora?»

Stefano cavò di tasca un mezzo sigaro, provò se tirava, l'accese. Pareva incerto. Poi, dopo le prime boccate, disse con indifferenza:

«Capirà... il quieto vivere... La pelle costa qualche cosa anche a noi...»

«Sapete: con Pulce, è proprio così. Si sente che ci metterebbe poco...»

«Ah, se ne è accorta anche lei?»

«È tanto che me ne sono accorta! Almeno me ne fossi accorta un po' prima...»

«Ma non lo dica! Ma se l'ha sposato per quello! O perchè avrebbe preso un montanaro e adattarsi a venir quassù, spersa fra questi boschi? Un po' la soggezione, un po' gli ha fatto voglia, dica il vero... Io li conosco quei cittadini: ne vien qualcuno in automobile a veder se tira a una lepre dalla strada... Certi smidollati! A trovar Pulce, lei ha sentito l'uomo... Le donne son fatte così: hanno bisogno di sentire il bastone, come i cani...»

L'Armida che dapprima si era sentita offesa, e si voleva rivoltare, ora lasciava dire, tranquilla.

«Sarà anche così: sarà come dite voi... ma un uomo come voi, un guardia...»

«Mi lasci stare, Armida» disse a voce bassa Stefano.

La donna cercava di capirlo:

«Uno che dicono sia il terrore di tutti i cacciatori...»

Le venne a mente che Stefano era rimasto sulla porta a far da guardia mentre era sola con Paolo, e sentì finalmente, quasi con liberazione, che lo disprezzava e voleva rinfacciarglielo; ma le parole che stava per dire, si cambiarono quasi contro sè stessa:

«A me lo potreste dire. Io son come voi: se me ne potessi liberare... se potessi anche far del male...»

Stefano si guardò intorno:

«Chi ha detto di far del male a qualcuno?»

L'Armida disprezzava sè stessa, ora: si sentiva torbida, pronta a qualche decisione, forse a un'azione cattiva:

«Ah: io e voi ci si dovrebbe intendere. Lo vedo, sapete, che da qualche po' di tempo girate sempre d'intorno...»

Stefano si mise a ridere:

«Fidarsi delle donne...»

«Stefano, se voi e il vostro padrone...»

L'Armida s'era distesa attraverso il banco sino al suo orecchio.

Stefano mise un dito sulla bocca:

«Zitta!»

Il nome, quasi la presenza di Paolo finalmente confessata, pareva che avesse chiarito molto, tra di loro. Stefano si chinò, sempre più vicino:

«Vede, bisogna saper aspettare. Io, al mio mondo, ho sempre fatto il mio dovere. Non ho conosciuto altro, e un bel giorno, me l'hanno fatta pagare. Che vuol che facessi? Denunziarli ai carabinieri? Ero solo. Non avevo prove. Tirargli addosso? Ne andavo di mezzo io. No, no: bisogna saper aspettare. Poi, viene il giorno. Ride ben chi ride l'ultimo.»

«Ah, aspettare, aspettare... Ma il marchese ne sa nulla?»

Stefano fece segno di no.

«O allora, perchè capita sempre qui?»

Stefano sorrise:

«E lei me lo domanda?»

L'Armida gli mise una mano sulla spalla e l'attirò verso di sè.

«Ma allora... tra me e voi... non si potrebbe...»

Stefano si tirò via:

«Zitta. No.»

Allora l'Armida lo guardò. Ora lo disprezzava davvero. Anche sè disprezzava: temeva di guardar dentro sè stessa: certi pensieri non potevano prender forma: quali crudeltà si nascondevano in lei! — ma lui era un vigliacco.

«Ah, siete sempre quello. V'ho scoperto, anche voi! Dunque è proprio vero: avete paura di Pulce!»

Stefano si drizzò minaccioso:

«Chi ha detto che ho paura?»

Le sue parole incontrarono il marchese Paolo e Pulce che tornavan di fuori. Allora Stefano si mise a guardar Pulce, e ripetè:

«Chi ha detto che ho paura?»

VII

Le poche volte che la mamma dell'Armida era venuta sin lassù a veder la figliola, non mancava mai di intenerirsi a certi ricordi d'infanzia che la campagna le riportava vivi alla memoria. Un suo zio aveva un podere dalle parti di Giògoli, in quella amena valle che cala dalle colline di Marignolle verso l'Elma, ed era stata la mèta delle loro scampagnate. Anche questa volta, quando, dal trampolino dell'automobile postale, si trovò fra le braccia dell'Armida, non potè fare a meno di rasciugarsi gli occhi. Poi, staccandosi dal lungo abbraccio, la guardò minutamente, e disse quasi con dispiacere: «Dio, come ti fai bella!»

Era anche troppo chiaro il sottinteso: peccato, quella bellezza sciupata, lassù, in quei posti solitari e selvaggi, per chi? E la figura di Pulce, piccolo, nodoso come un di quei quercioli nani per i viottoli, che a esser sempre cimati dalle bestie non riescono a crescere, non potè non apparire alla mente della madre. Alla bellezza si addice il lusso; sulla pelle fine stanno bene le sete, i tessuti lievi, i bei colori caldi; a una bella donna è cornice giusta l'ammirazione di uomini ben nati e cortesi, che sanno il valore di quello che contemplano. E sopra tutto, in quel meraviglioso momento di una bella gioventù, quando par che vegeti e irradii tutta la gloria dell'essere, è necessario l'amore, l'amore di un uomo che ne sia degno, almeno fisicamente.

Se non proprio queste riflessioni, un senso di impotenza di fronte alla vita prendeva la buona donna insieme con lo sgomento della campagna autunnale. In città, si stava bene: quassù faceva freddo. E l'Armida che ci doveva passare tutto l'inverno e tutti gli inverni!...

«Perchè non vieni a stare un po' con noi dopo i Santi?» furono le prime parole che disse alla figliola. Ma già erano arrivate alla bottega: era meglio non parlarne nemmeno, Pulce, a banco, affettava del salame. L'avventore lo nascondeva quasi interamente. Alzò gli occhi e salutò con un «Oh, Zelinda, siete arrivata?» e rimise lo sguardo sulla coltella.

Ne affettò una fogliata anche per loro e la portò a tavola, giacchè era l'ora di desinare. La madre dell'Armida aveva portato qualche regaluccio alla figlia; nastri, guarnizioni, dolciumi; e s'era scervellata per trovare qualche cosa per il genero: Pulce aveva pochi bisogni. Finalmente s'era decisa per un corpetto di lana a maglia, ma non trovava il verso di darglielo: si vedeva troppo bene che era di cattivo umore. Si misero a tavola in silenzio.

Pulce cavò di tasca il coltello e cominciò a tagliar le fette del pane. A veder quel coltello, senza che potesse dir perchè, la Zelinda sentì un freddo alla nuca; pure non poteva lasciarlo con gli occhi. E le venne in mente, e, come succedeva a lei, sulla lingua nello stesso tempo:

«A proposito, quel marmista, sapete, che lo chiamavano Lucignolo...»

Pulce fece cenno che aveva capito di chi si trattava.

«È morto, saranno otto giorni, tisico spolpo, poverino.»

Si rifece silenzio. Pulce fissò come meditando, la lama del coltello, mentre l'asciugava sulla tovaglia...

Col prolungarsi del pasto oltre il solito, – l'Armida aveva fatto un po' di festa per l'arrivo della mamma – Pulce cominciò a sciogliersi, a animarsi. La vinaia era una donna di tatto, di esperienza, e le asperità taglienti di quando si eran messi a tavola ora si smussavano. Pulce sentiva che si sarebbe potuto confidare in lei: che in fondo gli era veramente amica; sentiva quella curiosa solidarietà delle suocere coi generi che arriva talvolta sino a allearsi con questi contro le figlie. L'Armida capì che volevano esser lasciati soli e andò su, in camera.

Allora Pulce cominciò, burbero:

«Fateglielo capir voi alla vostra figliola che quassù non è come in città: una donna, specialmente se è forestiera, tutti gli tengono gli occhi addosso.»

La Zelinda s'impaurì:

«O Santo Dio, o che ha fatto l'Armida?»

«Nulla» rispose Pulce, «ma lo sapete come sono nei paesi? La vedono che sorride a tutti, che ha un altro modo di fare, insomma; e rizzan le orecchie. L'altro giorno, per esempio, c'era qui il marchese – il padrone di Ciciano – con un suo amico, di Firenze, un conte, e si trattennero a chiacchierare con l'Armida: lei ci godeva a far la cittadina con quei signori. E la gente non domanda di meglio di ridere alle spalle del prossimo. Glielo dovreste far capire anche voi.»

La vinaia si sentiva allargare il cuore di tenerezza per il genero. Pover'uomo, anche lui: ormai doveva capire che l'Armida proprio innamorata di lui non era, e ci doveva soffrire. E se aveva scherzato con quei signori, anche lei, pover'Armida, una distrazione innocente se la poteva permettere. Ma doveva star più attenta, non mettersi in mostra. E promise a Pulce, con entusiasmo, con effusione, con tenerezza, che lo avrebbe spiegato con le buone, alla figlia, senza dir da chi era stata imbeccata, che le avrebbe fatto capire il contegno che doveva tenere. Si sentiva orgogliosa della fiducia del genero, e le veniva qualche lagrimone di tenerezza pensando al rappacificamento che in breve, grazie alla sua buona politica, sarebbe avvenuto fra gli sposi. Ma quando Pulce cavò di nuovo di tasca il coltello e si mise ad appuntare un fiammifero per farsene uno stuzzicadenti, si sentì rabbrividire e pensò un'altra volta al marmista, poverino; e quasi con gioia capì finalmente perchè: quello era il coltello che Pulce aveva raccattato la sera del tafferuglio in bottega sua, a Firenze.

Ma questi conti e marchesi eran rimasti impressi nella mente della donna; e quando uscì con l'Armida per far due passi, sentiva una certa nuova ammirazione per la figliola, come se da quel contatto, le fosse rimasto addosso un'aureola di signoria. Poi l'Armida era bella, e a lei madre pareva anche più bella di quel che non fosse.

Così, si ripromise di farle il suo sermoncino più tardi; già sentiva dissiparsi il senso di compassione per Pulce, metteva sua figlia più in alto, su di un gradino dove Pulce non aveva nulla che vedere.

Traversarono il paese, deserto a quell'ora: tutti erano ai campi, al lavoro; in breve si trovaron di fronte ai cancelli del castello. Di lì si dominava la doppia fila dei tetti scuri ammandriati sull'orlo dello spartiacque come se si spenzolassero a guardare il vuoto enorme della vallata; al di là le poggiate lontane si accavallavano in un movimento continuo sino all'orizzonte.

Seguitando, la strada entrava in un gran piazzale sul quale si aprivano i fabbricati e i cortili di fattoria. Di lì si scopriva l'altro versante, chiuso dai monti scuri del Volterrano. Più che il paesaggio solenne grigio e triste dei coltivati rotti dagli sdruccioli franosi del mattaione, e dagli appezzamenti boschivi che ingrandivano vieppiù che lo sguardo calava e risaliva verso i monti lontani, si fermarono a guardare l'animazione che regnava sul piazzale.

Forse trenta, forse più carri si accodavano al portone delle cantine; i bovi, a giudicar dalle grandi corna e dai corpi tarchiati, dovevano già essere incrociati col sangue maremmano, benchè non avessero di scuro che un'ombra leggera sul dorso, e un che di fulvo nelle grosse pieghe della cotenna del collo. Quando un carro era stato scaricato delle bigoncie, si movevano tutti e se ne faceva sotto un altro; ed era, a intervalli regolari, un vocìo e un tramestìo di ruote. Si sentiva di assistere a opere che si succedono ogni anno, come la vicenda delle stagioni, protette dalla sicura ricchezza, dalla forza di quell'organismo antico e potente che è la fattoria: quella folla tranquilla di carri e di buoi, e la lentezza e la gravità con la quale avveniva lo scarico.

Dalla porta dentro alla quale scomparivano i contadini con le bigoncie colme sulle spalle, un uomo venne verso di loro. L'Armida lo riconobbe quasi con paura; era il guardia Stefano. Avrebbe voluto portar via la mamma, ma questa, vedendosi salutata da quell'uomo alto e dignitoso che portava così bene i gambali e la cacciatora arieggiante a uniforme, era bell'e soggiogata, e non le avrebbe dato retta. E quando il guardia salutò «Buon giorno, signora, buon giorno sor'Armida», la vinaia gli fece quasi un inchino. Stefano le invitò a visitare le cantine, e, benchè la Zelinda sentisse benissimo la muta resistenza della figliola, la prese per un braccio e entrarono. Nell'immenso stanzone a volta reale, tutto fragrante del mosto che bolliva nei vasi, i contadini, con le bigoncie in ispalla, salivano le scalette sino alla bocca enorme dei tini e le rovesciavano dentro. L'aria era saporosa, inebriante di succhi. La madre dell'Armida si estasiò ad ammirare la vastità, lo spazio, la pulizia. Poi Stefano prese un mazzo di chiavi, e accompagnò le due donne nei granai, nelle tinaie, nei frantoi, nelle stalle, in iscuderia. E lì, si imbatterono nel marchese Paolo.

La mamma dell'Armida non si aspettava che il signore di tante ricchezze fosse un giovanottino, quasi un ragazzo. Il suo istinto materno si empì di tenerezza. Non le sarebbe stato possibile una parola meno che dolce per quel bel giovane – certo già infurbito e birbo per certe cose, ma come si fa a non esserlo all'età sua?

Il guardia disse al padrone, come per domandare in ritardo il permesso, o per chiedere scusa, che s'era preso l'arbitrio di far visitare i locali di fattoria: Paolo, senza rispondere, s'aggiunse a loro. Si mise a parlare con la mamma, poichè l'Armida, a vederlo, pareva essersi ritirata in un'ombra degli occhi e del viso che non bisognava disturbare, per ora. La mamma invece era tutta sorrisi e moine.

Quando usciron sul piazzale, Paolo ebbe un'idea:

«Vuol vedere la torre?»

Alzarono gli occhi: snella e alta li attirava come, dalla cima di un monte, un'altra vetta che bisognava raggiungere. Ormai la vinaia era posseduta dal senso dell'avventura, della scampagnata, e esilarata dalla bella compagnia; e una volta che gliel'avevan proposto, non avrebbe rinunziato a quell'ascensione a nessun costo.

I locali più bassi erano utilizzati a scopo di magazzini, ma quando cominciarono a salir sul serio, al disopra dei tetti non c'eran più che le quattro mura nude e crude alle quali si arrampicava la scala a pioli che girava intorno al vuoto centrale. A un certo punto, fortunatamente, c'era un solaio che formava una stanza quadra, destinata ad uso di piccionaia. L'Armida, quando mise il piede sul suolo, tirò un sospirone e disse:

«Mi gira la testa; io mi fermo qui.»

Paolo, lasciando la Zelinda, andò verso di lei con sollecitudine e le chiese:

«Si sente male?»

«No, no» rispose l'Armida a bassa voce, mentre la vinaia che aveva già ripreso l'altra branca di scale, quella che saliva all'ultimo ripiano della torre, sul tetto, aggiungeva per lei:

«Non è nulla, sa, signor marchese. È sempre stata così l'Armida: anche a guardar da un terzo piano, ha il capogiro.»

Stefano incalzava, per salire, dietro di lei.

Forse per nasconder la sua confusione, appena rimasero soli, l'Armida si mise in un incavo del muro nel quale s'apriva una feritoia, fortunatamente così alta dal pavimento che non poteva veder che il cielo, e non in giù. Paolo, che se l'avesse vista in viso non avrebbe probabilmente potuto liberarsi da quel certo riserbo che l'aveva preso a sentirsi solo con lei, poteva così formulare liberamente cento progetti di seduzione, i quali cominciavano tutti ad un modo: avvicinarsi pian piano e cingerle la vita. Poichè nel silenzio sentì crescere l'imbarazzo, si mosse, e, nel mentre lei già avvertita si voltava, tentò di porle il braccio intorno alla vita, in quel cavo che lo tentava. Lei si liberò, non senza però che si fossero toccati, quasi direi assaggiati, e si andò a mettere in un angolo voltando via il capo.

Paolo l'aveva sentita tremare, nel toccarla.

«Ma che cosa ha?» le chiese con tenerezza. E si fece accanto a lei, e nell'esser vicino al suo viso, si sentì lambire da una vampa di calore, come a passar davanti alla bocca di un forno quando hanno sfornato il pane. L'Armida si rivoltò:

«Ma io non posso restar sola con lei. Chiami il guardia, sennò salgo su in torre. Meglio la vertigine che questo patire.»

E fece per andar verso la scala a pioli; poi, colta da un pensiero, si fermò:

«E senta, ormai che son qui, mai più e mai poi s'azzardi a venir dietro casa...»

Al ricordo rabbrividiva tutta.

«Ma che ha? Ma che è successo?» chiedeva Paolo, premuroso.

«Ho paura, ha capito?» fece l'Armida inquietandosi. «Se non son morta di paura è un miracolo. Quando ho visto entrar Pulce, io mi son detta che per lei era finita.»

Paolo sorrise: «O Dio, anche meno!»

«Non sa quello che fa! Lei non lo conosce, Pulce! È capace di tutto.»

E vinta, si nascose il viso fra le mani. Paolo con dolcezza le prese una mano:

«Piangi?»

L'Armida si scosse tutta, si drizzò quasi con violenza.

«Ah, questa non è più vita. Ho tanta paura. Soffro tanto...» Si liberò le mani, lo spinse via. «Ma perchè non mi lascia tranquilla? È tutta colpa sua! Vada via!»

Paolo si allontanò scoraggiato. «Sì, sì, andrò via.»

L'Armida a quella voce sommessa che annuiva, si sentì diventare più umile:

«Tanto, vede, è inutile. Non si può.»

Rimasero così in silenzio. Pareva che tutto fosse stato detto. L'Armida capiva che non c'era più da difendersi, che ormai quell'occasione di esser soli, che non le capiterebbe mai più, era passata, e si sarebbe messa volentieri a piangere. Era colpa sua; pure, avrebbe fatto lo stesso anche un'altra volta: tra lui e lei c'era un vuoto irreparabile.

Paolo si meravigliava di non soffrire nel suo amor proprio di conquistatore, nè, sopratutto, nel senso del ridicolo del quale era di solito così sensibile. E, come se, quando si fu rassicurato su questo punto che ai giovani preme tanto, potesse anche provare altri sentimenti, si mise a vedere come poteva tranquillizzare l'Armida. Più che il desiderio, ora per lui contava quel sentimento di tenerezza quasi fraterna, di protezione, che aveva già sentito standole vicino, che gli veniva forse dalla sua debolezza, da quella voglia di cedere che, nonostante le sue parole, sentiva crescere in lei. Di parlare non gli riusciva: allora si mise a guardar di fuori, dalla feritoia dove prima era stata lei, come per lasciarla libera di alzare lo sguardo senza che si dovesse incontrare col suo. Sentiva sul suo braccio e nella mano il contatto con la sofficità pieghevole della vita di lei, come un calore, una luce che vi fosse rimasta, e gli dava una contentezza che giudicava esagerata, fuor di proporzione. E fu quasi per congratularsi con lei che fosse loro riuscito di strappare almeno questa piccola gioia al destino avverso, che si voltò, tutto rallegrato. E lei, che aveva intanto alzato il viso dal suo riparo e avuto il tempo di ricomporsi, quando lo guardò aveva negli occhi l'espressione che egli desiderava, che si adattava alla sua, come se fossero giunti istintivamente per cammini diversi, alla medesima conclusione: un sorriso furbesco e insieme infantile, buono. Rimasero così a guardarsi da lontano come due bambini che vorrebbero giocare insieme e ai quali pesa, incontrandosi per la prima volta, di rompere il ghiaccio.

Di questa sicurezza e confidenza che era nata tra loro, l'Armida sentì ora che poteva dargliene una prova senza pericolo, e gli disse, pacatamente, con serietà, come tra buoni amici:

«Vede, io ho paura per lei. Per me... che vuole...» ebbe un gesto d'indifferenza, poi gli disse: «Guardi!»

Si slacciò la camicetta leggera che portava e gli mostrò sulla spalla, all'attaccatura del braccio alcune lividure violacee, nerastre:

«Queste son d'ieri sera. Mi picchia, mi màcola, dappertutto, dappertutto...»

Paolo, dolcemente, si mise a carezzarle la spalla, il braccio. Benchè un tepore lo invadesse da capo a piedi, quella dolcezza infantile che li giungeva non si dissipava.

«Poi quando m'ha ridotta un cencio, allora...» Rabbrividì tutta. Paolo la prese fra le braccia, le rovesciò il capo, e la baciò sulla bocca. Ella non reagiva più, abbandonata. Le labbra di Paolo scesero sulla sua spalla: cercavano quei lividi. Ma l'Armida si districò, lo spinse via:

«No, lì no! Mi ha morso lui, lì.»

Sentirono suonare sulla scala di legno i passi che scendevano. Si separarono, riprendendo i loro posti e l'Armida si riallacciò la camicetta, in fretta.

Malgrado gli sforzi di Stefano per interessarla all'immensità che si scopriva di lassù, la Zelinda, dopo la prima sorpresa e il senso di sgomento che la prese a esser così alta su tanto mondo, cominciò a sentirsi a disagio, come se le mancasse qualche cosa, o si fosse scordata di qualche piccola azione abituale, di spengere la luce o di coprire il fuoco con la cenere, o di chiuder l'uscio di casa. Stefano glielo fece dimenticare per un po' mostrandole i confini della tenuta di Ciciano, che si disegnavan di lassù come su di una carta geografica; ma lo stupore che tanta parte di mondo potesse appartenere a quel giovanottino, si concretò nel senso dell'imprudenza di aver lasciato l'Armida sola con lui. È vero che eran così vicini che quasi li sentiva sotto i piedi, ma insomma non stava bene.

E interrompendo il guardia, volle scendere, in fretta; benchè non si scordasse di alzar la voce nel parlare, e di tossire e di strascicare i piedi per far più rumore: il guardia faceva altrettanto, così che nello scendere gridavano ambedue. Ma a trovarli, lei in quel cantuccio, lui a quella feritoia lontani e zitti, si sentì sicura, quasi a malincuore, che non era avvenuto nulla. Se ne congratulava come di un dovere che avesse adempito con fedeltà, ma da un altro canto un suo cuore più tenero sospirava:

«Peccato! Parevan fatti l'uno per l'altro, così belli tutti e due, nel fiore della vita...»

Benchè fosse un dovere, era quasi un delitto, di separarli. Se avessero potuto, senza le conseguenze!...

Lei sapeva ormai per esperienza che la vita è breve e che pochi sono i bei momenti che capitano, e che piange il cuore di averli lasciati passare, dopo. Peccato! La vita è fatta così!

Ma Stefano era contento: gli pareva che le cose andassero bene.

VIII

Con le prime foglie gialle che turbinavano lungo le strade nel tramontano secco e polveroso, la contessa Elisa se n'era andata, seguendo il saggio esempio degli uccelli migratori, verso un clima più docile. Non le piaceva di rientrare in città prima di Natale, come non era piaciuto ai suoi vecchi; ma, a differenza di quelli, che solevan trattenersi nelle campagne tutto l'autunno e il principio dell'inverno, per seguir da vicino la vendemmia, la svinatura, la semina e la colta delle ulive, ella preferiva dedicare quei mesi dello scorcio dell'anno, così malinconici in campagna, a un viaggio o meglio a una serie di soggiorni, in luoghi pittoreschi, e in alberghi comodi e di moda. Paolo s'era schermito con difficoltà e aveva concluso con la promessa di raggiungerla verso la fine di Ottobre a Capri o ad Amalfi; chè la contessa Elisa aveva deciso quell'anno di dedicare il trimestre allo studio della industria alberghiera nei golfi partenopei.

Per giustificare la sua permanenza in quei luoghi inospitali, Paolo aveva dovuto invocare le solite scuse agricole: la vendemmia che ritardava, quell'anno, la svina, i lavori autunnali; si voleva render conto da sè; l'agricoltura cominciava a interessarlo molto; poi, era sempre bene sorvegliare l'operato dei dipendenti e nello stesso tempo incoraggiarli con la sua presenza... La contessa aveva sorriso e concluso cattedraticamente:

«Questi sentimenti vi fanno molto onore.

Il lavoro nobilita l'uomo e lo rende simile al ciuco. Ma, alla Vernaccia, fa freddo; e io al freddo non resisto. Del resto son sicura che verrai presto anche tu.»

In verità se Paolo fosse stato di quelli che prendon gusto a ricercare i motivi delle proprie azioni – ciò che consiste per lo più nel coprirne a sè stesso le vere ragioni, troppo frivole o egoistiche, o anche non confessabili, con altre che suonan meglio all'orecchio, e pur essendo verosimili appaiono più importanti o più decorose – si sarebbe trovato un po' a disagio. Dell'amministrazione della tenuta non si occupava affatto: aveva fiducia nel vecchio fattore ereditato con la tenuta dal padre, molto più che in sè medesimo; e con ragione. Non era nemmeno cacciatore appassionato: tutt'al più poteva giungere alla conclusione di essersi ormai creato una carreggiata quotidiana di abitudini nella quale era facile lasciarsi scorrere giorno per giorno senza che la volontà dovesse far atto di presenza. Se le stanze della villa erano un po' fredde, si faceva arrostire dalle enormi fiammate di fascine nel camino del salone; se si sentiva solo la sera, mandava a chiamare il prete, il fattore, il sottofattore e sull'antico smisurato biliardo facevan la partita a parigina o a carolina. Una sera che, tornando dal paese, inciampò nel cavalier Pelacani, invitò anche lui, ma questi lo criticava quasi apertamente della sua familiarità coi propri dipendenti, arricciando il naso ogni qual volta gli toccava per compagno di gioco il fattore o il sottofattore, così che Paolo si promise di non invitarlo nemmeno alle cacciate.

Sopravvenne un grosso intoppo al sereno fluire di questa esistenza quando arrivò alle ultime pagine dei «Miei Ricordi»; ma dopo aver lungamente esitato in libreria, nella quale dai romanzi di Ponson du Terrail alle opere complete del Guerrazzi si allineavano varie generazioni invecchiate sennon dimenticate addirittura, mise la mano sui «Viaggi in Toscana» scritti nel 1774 dal dottor Giovanni Targioni Tozzetti, opera in dodici volumi: per un pezzo era provvisto.

Per spiegare questa calma del suo spirito occorre aggiungere che ben due volte si eran rivisti, lui e la bell'Armida, nell'orticello dietro casa, a buio. Questi ritrovi non avevan servito che a placare lo stimolo del suo amor proprio, poichè l'Armida lo aveva tenuto a distanza, non accordandogli nulla, districandosi dalle sue velleità di abbracci; ritrovi concessi soltanto, pareva, per scongiurarlo di lasciarla in pace. Erano scongiuri tremanti di paura e di freddo: chè, se Dio non volesse, Pulce si accorgeva di qualcosa, addio: che andasse via, il signor marchese, che tornasse a Firenze. La seconda volta aveva detto:

«Se non ci resisto più quassù, scappo e vengo da lei al suo palazzo in città: mi farà fare la sguattera, quel che vuole...»

Dietro un fico, accosto al tronco, rigido e impettito, il guardia Stefano aspettava.

Paolo si chiedeva di più in più spesso perchè si accaniva così a quel gioco. L'Armida era bella, e simpatica: carina di sentimento, a volte curiosa, persino sconcertante; ma in teoria, non ci poteva esser donna che valesse la pena di quelle lunghe attese dietro al ciglio del botro, di quelle paure, per poi, che cosa?... per farsi far la morale! Giacomo Marramis ne avrebbe fatto le grasse risate: bel gusto, bel gusto! Povera Armida, però! Era così spersa, così senza nessuno: aveva proprio bisogno di lui; forse, gli voleva bene. C'era anche qualcos'altro che gli piaceva meno che mai: ed era di dover tradire la crescente amicizia di Pulce. Pareva proprio che questi, in ossequio alla tradizione che vuol che i mariti sieno i migliori amici degli amici delle mogli, ci mettesse del suo a essergli rispettosamente fedele. Come si è detto, Pulce, nel periodo di depressione morale e di pubblico disfavore che attraversava, si era attaccato a questa tavola di salvezza del favore marchionale, con una umiltà e con una tenacia che a Paolo destava un senso di commiserazione. Pulce lo salutava col cappello in mano e lo guardava in faccia con le iridi un poco allargate di quei cani randagi che si sono messi a seguir qualcuno e, quando questi se ne accorge, non sanno se aspettarsi una pedata o una carezza sbadata. Paolo s'era detto già diverse volte:

«Al diavolo l'Armida! Che mi confondo con lei, come se non ci fossero altre donne!»

E si riprometteva di non metter più piede in paese. Era strano che non gli riuscisse di mantenere una decisione così semplice. Pure, al pensiero dei maltrattamenti di Pulce, sentiva che non la poteva lasciar lì in balìa di quelle violenze irragionevoli: il ricordo di quei lividi e di quei baci ormai l'aveva nel sangue.

Una partita era impegnata, della quale forse egli non era che una pedina, e una pedina svogliata, ma non poteva rifiutarsi di muovere, e meno che mai decidere di smettere e buttar tutto all'aria. Bisognava andare avanti: in qualche modo sarebbero venuti ad una conclusione.

Però, la seconda volta che aveva visto l'Armida sola nell'orto non era andata tanto liscia.

L'indomani, mentre non aveva ancora finito di desinare e ramingava distrattamente dietro alla guida benevola del dottor Giovanni Targioni-Tozzetti lungo l'antico corso del Serchio, il giovane marchese ripensava alle magre soddisfazioni e al grosso rischio di quegli incontri, quando Pietro, il cameriere, gli disse che il guardia Stefano chiedeva di parlargli per un affare urgente.

«Che venga.» Ma se l'aveva lasciato un'ora prima, e l'avrebbe verosimilmente rivisto in scrata?

Stefano aspettò chc il cameriere fosse uscito, poi disse sottovoce:

«Signor marchese, nessuno ci sente?»

«No, Stefano. Chi volete che ci stia a spiare?»

«Ad ogni modo, se per lei è lo stesso, io preferisco di parlare all'aria aperta.»

«Come volete, Stefano.» E scesero sul piazzale.

«Che è successo?»

«È successo che qualcuno l'ha visto e l'ha riconosciuto, ieri sera, nell'orto di Pulce.»

«Come fai a saperlo?»

«Così. Quando ero dietro al fico sentii un rumore, come di una persiana che a alzarla stridesse un po' nei ganaheri: pareva che fosse a due o tre case di distanza, ma non vidi nessuno. Però potevano esser nascosti al buio e guardar di dentro: o stare a sentire senza affacciarsi. Quando poi dal viottolo siamo sbucati nella strada, ha visto che dopo due o tre passi s'è incontrato un uomo che veniva in giù, verso il paese?»

«Sì, e v'ha dato la buona sera.»

«Quello era Faìlle, il barrocciaio. Sta di casa appunto a due o tre porte da Pulce.»

«Ma se veniva in giù?»

«Eh, già. Per non farsene accorgere. E m'è balenata un po' l'idea che fosse stato lui a spiarci: e che per veder bene di chi si trattava, fosse corso lassù, per poi tornare indietro tranquillo tranquillo, e guardar lei bene in faccia. Stanotte, a forza di pensarci su, non potevo dormire. Allora, stamani, m'è venuta un'idea e quando lei m'ha lasciato son andato diritto a casa di Faìlle, con la scusa di quei mobili antichi di fattoria che lei vuol mandare al palazzo in città. Quando s'è finito di fissar per la gita, gli ho detto, così come se non fosse nulla: «Mi siete venuto in mente ieri sera quando vi s'è incontrato, a buio.» E lui, di rimando, chiotto chiotto: «O di dove venivi, guardia?» Ma, lei lo capisce meglio di me, si vede subito quando uno fa una domanda come quella, se è con intenzione. E io gli ho risposto «Si veniva di giù, dal botro delle Fangaie; s'era andati a veder di un certo tasso che fa danni all'uva, ai campi delle Ferriere, chè una di queste sere il marchese gli vuol far la posta.» Lui non ha più detto nulla, ma che vuole: gli si leggeva in viso come su un libro stampato, come se avesse vociato in piazza.»

Paolo rimase un po' zitto a passeggiar su e giù pel piazzale. Stefano ogni tanto lo guardava in viso, aspettando. Eran seccature, noie; e, anche, in fondo, una bella parte non ce la faceva: c'era del fango su quella strada. Poco cervello, mettersi in certi impicci. Anche l'Armida, era un farla soffrire. Era venuto il momento di tagliar corto. E più che mai gli ripugnava quel far da amico a Pulce e cercar di portargli via la moglie dietro casa: come se, dal momento che altri lo sapeva, la sua colpa fosse maggiore, o per lo meno più chiaramente definita.

Però, abbandonar l'Armida alla sua sorte, non era bello, non si poteva. E dimenticava il suo desiderio per non veder che la parte di protettore che s'era, almeno teoricamente, prefissa.

«Sapete, Stefano, m'incomincia a seccare questa storia. Ora basta. Se la bella tabacchina ha fatto uno sbaglio a sposar Pulce, è affar suo. Che vadan tutti a farsi benedire!»

«Ora sì che parla da senno. Non è roba per lei: lei ha altre occasioni. Eppoi, se vuol sentire anche la mia, non sta bene nemmeno per il nome.»

«A fine di questa settimana, o al più tardi ai primi di quest'altra, torno in città. Ormai voglio finir di vendemmiare: se non fosse per questo, andrei via oggi, parola d'onore.»

Ma l'uom propone e Dio dispone. Verso le tre, quel pomeriggio, il marchese Paolo, stufo di non si poter addormentare, staccò il fucile, chiamò la Stella, la sua bella cagna pointer, e uscì dai cancelli, solo, per andare a veder di certi beccaccini che gli aveva insegnati Mazzingo a un acquitrino in valle. Affermare che fosse contento della sua decisione di andarsene sarebbe stato azzardar troppo: senza dirselo chiaro e tondo, si sentiva piuttosto umiliato; c'era dentro di sè chi gli diceva, ma tanto sottovoce da lasciar qualche dubbio se fosse proprio quella la parola: «Sei un vigliacco» ciò che poteva anche suonare: «Sei molto saggio.» Quando giunse alla carrareccia che svolta per il fondo valle e s'addentra in un ceduo di cerro assai veniente e macchioso, sentì un passo dietro di sè e si voltò di botto: era un ragazzetto il quale, benchè un po' impaurito dal suo modo di fare, gli mise in mano un pezzo di carta, e scappò via di carriera.

Paolo rimase lì con quel foglio giallo in mano a guardarlo: il ragazzo andava via come una lepre. Se lo mise in tasca: ormai diventava sospettoso anche lui. Finalmente si addentrò in un folto e lo aperse: era di quella grossa carta gialla che adoperano i bottegai per rinvolgerci l'affettato perchè fa peso sulla stadera, e c'era scritto sopra a grossi caratteri tracciati da una mano incerta e poco abituata all'arte dello scrivere: «Stanotte alle dieci. A...»

Paolo si sentì un altr'uomo. Dunque anche lei non poteva far più a meno di lui. Sentì che cadeva dalle sue spalle la vergogna, l'umiliazione di farsi indietro per paura o magari per calcolo. Se sarebbe andato? Sarebbe andato sicuro: ci fossero stati dieci Pulce e venti Faìlli appostati dietro le siepi, alle finestre, lungo il botro; e, naturalmente, bisognava andar senza Stefano, e non dirgli nulla, sennò addio. Così, tutto corroborato dal senso di esilarazione che gli scaldava il sangue, accelerò il passo, e, poco dopo, all'acquitrino fece doppiola a due beccaccini e, manco a dirlo, li ammazzò tutti e due.

Stefano, dal canto suo, sapeva che non c'era da fidarsi nè del marchese – troppo giovane, troppo di sangue per ritirarsi così alla prima senza tentare altro per spuntarla – nè, – e anzi meno che mai – di Faìlle.

Nelle sue lunghe meditazioni per scoprire chi potessero essere gli altri tre bendati che avevano aiutato Pulce a aggredirlo, aveva finito col concludere che uno doveva esser Faìlle. E poichè sentiva sfuggirgli dalle mani la direzione degli eventi, e temeva di trovarsi su terreno troppo infido, quando seppe che il marchese era uscito per conto suo senza chiamarlo, andò in cerca di Mazzingo sul quale, degli altri guardia, sapeva di poter contare, specialmente in quanto potesse riguardare la sicurezza del padrone, come su di sè stesso. Mazzingo era poco lontano, nei granai, a aiutare i sottofattori a consegnare il seme ai contadini. Allora Stefano mandò a chiedere al fattore il permesso di prenderlo con sè «per servizio del signor marchese.»

Ormai le cose prendevano una piega che non gli piaceva, e per ora bisognava rinunziare al suo proposito, o meglio metterlo da parte per un'altra occasione, senza però perderlo di vista.

Mazzingo era un giovanottone su per giù della taglia del marchese Paolo, e lì per lì Stefano aveva avuto l'idea di adoprarlo di notte per sviare i sospetti di Pulce se ne avesse avuti, a fargli vedere il marchese in qualche inoffensivo balzello mentre era «in tutt'altre faccende affaccendato;» ma ormai non era più tempo d'intrigare. Bisognava non occuparsi più che della sicurezza del padrone.

«Capisci, Mazzingo, io ho paura che il marchese, ora che gli ho fatto queste rimostranze, non mi dica più nulla, e voglia far da sè. Ora che Faìlle qualcosa sa, vuol dire che è questione di poco e lo sa anche Pulce.»

«Senti, Stefano, stasera vo' alle Stanze, Faìlle c'è sempre...»

«Invece stasera è proprio la sera che non ci devi andare. Non capisci, pezzo di tanghero, che se ci sei te, tutti acqua in bocca e addio?»

Mazzingo dovette riconoscere che era vero.

«Piuttosto, ci hai nessuno, da potersi fidare? Un amico vero, da farci assegnamento?»

Mazzingo l'aveva: il fratello della sua fidanzata, uno scavezzacollo di primo ordine: un ragazzo di vent'anni che era a opra alla fattoria, e che non lasciava beneavere una ragazza discreta in paese.

«Ci sarebbe Gasparre. Su lui ci posso contare come su un fratello.»

Stefano rimuginò il nome nella mente un pezzo: sì e no. Secondo come la prendeva. Se la prendeva come una burla da farsi a Pulce, il marito burbero d'una bella donna che toglieva dalla circolazione, bene; se invece cominciava a ragionar di «questo signore che viene a dar noia alle nostre donne» allora, addio. Ma non c'era da scegliere.

«Dov'è ora al lavoro, Gasparre?»

«È con la squadra, a riattar le strade. Vedrai che saranno arrivati verso la fornace. Ieri sera erano a Monteregi.»

E s'avviarono. Quando furon giunti – andavan lesti in silenzio – vicino alla conca argillosa dove sorgeva la fornace, Stefano disse:

«Sarà bene che vada tu solo. Io t'aspetto qui e, quando ripassate in su, vi abbordo come se vi trovassi allora. E non gli dir nulla sinchè non mi vedi. Fa' come se tu lo volessi accompagnare a casa.»

Stefano si rimpiattò dietro un foltarello d'ontani. Calava già la sera: doveva essere verso le cinque, l'ora che gli operai smettono il lavoro: il bosco, quando non s'udiron più gli sguazzi degli scarponi di Mazzingo nell'argilla impastata del viottolo, cadde in un raccoglimento accorato intorno alla voce di un rigagnolo che s'era riavvenato con le ultime pioggie. E Stefano aveva quasi paura a restar così solo davanti alla voglia di giocar l'ultima carta, la più grossa; la tentazione gli passava e ripassava davanti allo spirito, come l'ombra di un albero che si muoveva dietro di lui; e non gli dava beneavere.

Gli operai ripulivano gli arnesi prima di avviarsi alle case. Quelli che andavano ad altri borghi e casali cominciavano a sperdersi per i viottoli nell'imbrunire, e si davano la buona notte con serietà, quasi con tristezza, stanchi della giornata faticosa e della strada che avevano da fare per arrivare alle case. Il gruppetto di quelli di Ciciano si avviava:

«O Cesare, fa' presto, s'ha furia.»

«Se hai furia, chi ti tiene?»

Ma s'aspettavano. La strada era tutta una melma che chioccava di passi nel buio. Mazzingo nel giungere dette una voce:

«O Gasparre,» e dal gruppo, uno gli rispose:

«O Mazzingo.»

«Ti accompagno a casa. Aspettami, ho da vedere come stanno i cartelli della bandita su questo pezzo di strada.»

Dal gruppo, uno disse:

«Se vi trattenete, si va noi.»

«Allora buonanotte.»

Mazzingo, tanto per corroborare le sue parole, fece un cento di passi sulla strada da una parte, un cento dall'altra: il tempo di sentire le voci allontanarsi nel frasconaio fradicio, poi tornò:

«Allora si va?»

«Andiamo.»

Il viottolo non era più che una riga di chiaro nello scuro della macchia, e bisognava guardare passo per passo dove si metteva il piede, nel motriglio. Non ebbero fatto un mezzo chilometro, che una voce li fermò:

«Ohè! Chi va là?»

Gasparre si riscosse tutto. Ma Mazzingo gli fece: «Non senti, è Stefano? O Stefano, siamo noi. Mazzingo e Gasparre.»

«Ah,» fece Stefano venendo verso di loro. «Son passate le opere, e a veder qualcuno col fucile, per il bosco a questa ora, m'ero insospettito. E poi in questi giorni, che ho un pensiero per capello!»

«O di che avete pensiero, Stefano?»

Stefano stette un po' in silenzio, come se esitasse a rispondere. Poi, come a controvoglia:

«È per via del marchese. È buono come un agnello, ma è giovane, e ho paura che me ne faccia qualcuna: senza pensare a male. Lui non lo sa che c'è chi le cercherebbe apposta le occasioni... crede che sian tutti come lui.»

Gasparre non rispondeva.

«O che non s'è messo in testa di fare il salvatore di anime? Che gliene importa a lui se c'è chi fa le genti martiri? In casa sua, dico io, ognuno è padrone. E se c'è chi vuol bastonare la moglie anche tutti i giorni, e la vuol chiudere sotto chiave, il signor marchese non c'entra nè poco nè punto. O lui, che non si è messo in testa certe idee: «Dopo tutto, un po' di guida dovrei essere anch'io. La gente quassù è un po' sotto la mia tutela. Se non sanno far meglio è perchè nessuno gli ha insegnato. Idee da medioevo.»

Gasparre allora azzardò

«Tutto bello, tutto vero, ma con le donne, le mani a casa. Intanto in paese cominciano a metter Pulce in ridicolo, e Pulce non è uomo di pigliarla con rassegnazione. Poi c'è Faìlle; anche ieri sera, alle Stanze, non lo tenevan più fermo: «Deve fare all'amore con le sue contesse. Ma con le donne, con le nostre donne, andiamo piano.»

«Dunque vedi?» commentò Stefano «te lo dicevo io, Mazzingo?»

«Tra di noi non c'è nessuno che gli vorrebbe torcere un capello,» aggiunse allora Gasparre, accortosi di essersi lasciato andare troppo in là con le confidenze, «ma con Pulce non c'è da scherzarci tanto. Eppoi» ragionò fra sè come per giustificarsi a sè stesso d'aver detto tanto, «uomo avvisato, mezzo salvato.»

IX

Contrariamente al fissato, visto l'umore della gente, Mazzingo la sera non si mosse dalle Stanze, tutt'occhi e tutt'orecchi. Quando vennero le nove e in villa era tutto tranquillo, Stefano, al canto del camino di fattoria, si lasciò andare alla sua antica abitudine, e s'appisolò. Non abbastanza profondamente però perchè, a un abbaio che corse per la corte e il giardino, non si svegliasse di soprassalto:

«Che è?»

«Sarà il marchese che va a prendere una boccata d'aria. Sì: è proprio lui» aggiunse il sottofattore Mènichi quando sbacchiò il portone di villa. Stefano allora calò il fucile dalla rastrelliera, si tirò su il colletto della giacchetta, si calcò il cappello in capo e uscì fuori senza curarsi di stare a sentire quel che andava dicendo il Mènichi:

«O questa? O che avete paura che ve lo rubino?»

Dai cancelli vide l'alta figura di Paolo svoltare dietro la curva, e ristette un poco: non si sapeva decidere se avvertirlo o tenergli dietro. A dirgli tutto, c'era il pericolo di farlo arrabbiare e di prendersi una bella lavata di capo, ciò che non sarebbe stato un gran male, sennon perchè, probabilmente, irritato a quel modo, il marchese si sarebbe incaponito più che mai e avrebbe fatto peggio. Senza contare che, dopo tutto, poteva darsi che fosse andato fuori proprio soltanto per far due passi.

Meglio valeva star zitto, per ora. Del resto, di lì a un cento metri si partiva il viottolo e avrebbe visto quali erano le sue intenzioni, senza farsi vedere, al coperto com'era, nell'ombra nera di un greppo. Ecco: ah, non c'era più da farsi illusioni: franco, aperto, nel bel mezzo della strada, come se non si trattasse di lui, Paolo taglia a traverso, piglia di sotto, e giù nel buio del sentiero che costeggia il botro, dietro le case. E quando Stefano, ormai fuori dal pericolo d'esser visto, stava per uscire dal suo nascondiglio e venirgli dietro, ecco che da un covo di felci secche uscì un ragazzo, e via di corsa per il paese. Certo, era lì a spiare. Stefano macchinalmente alzò i cani del fucile, che erano in sicura; poi, cauto come sempre, s'inoltrò dietro le case.

Alle Stanze, quando entrò Mazzingo, si fece silenzio. Egli si guardò intorno nel dar la buona sera: Gasparre non c'era, segno poco buono. Mancavano anche altri, dei più calmi.

«Toh, c'è Pulce», fece.

Pulce era in mezzo a Faìlle e al Còccolo.

Per quanto si sforzassero di parere disinvolti e di riempire il vuoto e il disagio con una conversazione tirata su con le carrùcole, non ci voleva un'aquila per capire che Mazzingo li aveva interrotti, e che avrebbero dato chissà che cosa per farlo ritornar via.

Faìlle stava per alzarsi quando fece irruzione un ragazzo tutto ardente dall'impeto della corsa e prima che alcuno potesse interromperlo o fargli segno, disse con la voce ancora rotta dall'affanno:

«È venuto. C'è.»

«Chi?» chiese Mazzingo. Capiva ormai di che si trattava, ma finchè Pulce e gli altri due o tre eran lì con lui, urgenza non ce n'era. Quelli però non si trattennero e qualche minuto dopo, Faìlle disse:

«Sapete cosa? Stasera ho un gran sonno. Vo a letto.»

Ci fu un tramestìo di seggiole intorno ai tavoli; i tre si alzarono, dettero la buona notte e si allontanarono strascicando il passo sulle tavole rumorose dell'impiantito.

Tra quelli che rimasero, qualcuno propose una partita di terziglio, che fu accolta con un senso di sollievo.

Allora Mazzingo disse:

«Stasera avete tutti un gran muso. Mi fermo a prender da fumare e vo a letto anch'io.»

In due salti fu alla bottega; a metter la mano sulla maniglia della porta gli pareva che scottasse: aprì.

L'Armida si voltò con dispetto verso di lui. Allora egli disse a voce alta:

«Un pacchetto di trinciato, signora Armida.»

Aveva una gran furia di arrivare al banco: quando finalmente fu davanti alla donna, chinò la testa sul banco e prendendo il tabacco, mormorò:

«Se non vuole che succeda del male, non si mova, stasera. Pulce è a spiare, a casa di Faìlle.»

La donna diventò bianca come un cencio lavato e cominciò a tremare.

«Se lo vede, l'ammazza.»

«È venuto?»

Lei fece cenno di sì col capo. Ma alzando lo sguardo del marmo del banco, egli, al solo vederle le iridi, capì che dietro di lui era entrato qualcun'altro in bottega. Le fila si restringevano: bisognava prendere una decisione subito. Allora, senza voltarsi a veder chi fosse, si levò il fucile di tracolla, passò di sotto al banco e disse forte:

«È di là che ha sentito il rumore?» e senz'altro aprì la porticina di dietro. Fuori, senza veder nulla, gridò:

«Chi va là?» e stette un po' col fucile imbracciato nel buio, come una volta Pulce, sull'orlo del burrone. La sua azione era stata così pronta che Pulce sorpreso s'era fermato sulla soglia di bottega. Ma un momento solo; poi, a lanci, era venuto dietro a lui, e, disarmato com'era, gli era passato davanti e cercava, a tastoni, nel buio.

Vennero anche Faìlle e gli altri e si misero anche loro a fare una cerca minuziosa quanto infruttuosa lungo il sentiero dietro le case. Mazzingo dovette raccontare che, entrando per comprar da fumare, aveva trovato l'Armida tutta tremante di paura che ci fosse qualcuno dietro casa, alla porticina. E l'Armida spiegò che non era la prima volta che sentiva gente aggirarsi nel buio, dietro casa. Tutto finì con una deplorazione delle donne impressionabili, che scomodan la gente inutilmente, come se avessero loro promesso di assistere a qualche divertimento e li avessero gabbati.

Ma l'indomani mattina a giorno, Pulce trovò le impronte, ancora fresche in quel motriglio argilloso, di una chiodatura di scarpe forestiere, elegante, quale non molti potevano avere, da quelle parti.

Verso le undici, la mattina di poi, il marchese Paolo fece il suo ingresso nella bottega e, prendendo Pulce familiarmente per la spalla, gli disse:

«Pulce, se foste stato con me ieri sera, l'avreste ammazzato voi, il tasso.»

A sentirsi toccare da chi l'ingannava così, mentre lui gli aveva forse voluto bene, Pulce sentì le dita che si chiudevano nella voglia quasi voluttuosa di stringerlo alla gola, e s'irrigidì nel tempo stesso in una volontà di giocare la partita sino all'ultima mossa. E rispose su di un tono leggermente sprezzante:

«Sono cose da signori. Noi s'ha da guardare agli interessi. Eppoi, ora; che le cose non vogliono andare per il verso.»

«Non starà a me a dirlo; ma, se foste più alla mano con la gente, meno orso, meno sospettoso, non v'andrebbe così: gente allegra, Dio l'aiuta.»

«È meglio non ne parlar, signor marchese.»

«Dunque vi dicevo del tasso. Io m'ero appostato allo sbocco del botro, ai campi delle Ferriere, proprio sotto a casa vostra in linea d'aria, chè ormai tutte le sere – è qualche giorno che lo fo tracciare – fa la solita gita. M'ero messo dentro la siepe dei campi, tra i roghi, che non mi potevo muovere senza bucarmi tutto, e ero bell'e imbracciato. L'ho visto, non ho fatto che prendere la mira, e è sparito in un'ombra del mattaione. Aspetta, aspetta, non veniva, più fuori. Allora son sortito e l'ho rivisto in cima a una fratta, fuori di tiro. E io a arrampicarmi con le mani e coi piedi. Quando sono stato lì, lui era già disopra e pareva che mi guardasse. L'ha fatto due o tre volte questo lavoro, e mi son ritrovato in cima, dietro a casa vostra. Parola d'onore, manca poco non busso per sentire se non era entrato in casa.»

Pulce però sapeva che le impronte delle scarpe non salivano, ma scendevano nel botro; e la bella invenzione di Paolo non era che una prova di più, se ce ne fosse stato bisogno, dell'inganno. Quando il marchese fu uscito – e Pulce lo riaccompagnò sino alla porta con quella sottomessa riconoscenza che non aveva smesso di dimostrargli – prese tra le mani un imbuto che era sul banco e lo ridusse in una forma comica e insieme orribile. Stette un po' fisso a guardarlo, poi lo buttò via. Salì la scala, e si mise davanti all'Armida.

Pareva che non si dovesse più saziare di guardarla. Dalla sera innanzi non aveva fatto altro.

Quando gli altri erano andati via, lei l'aveva aspettato a lungo di sopra. Poi, si era spogliata, ma non si sapeva decidere a andare a letto, e aspettava in camicia, sulla seggiola, con uno scialle sulle spalle, tremando di freddo e di paura, con un veggio pieno di brace tra le ginocchia. Quando finalmente Pulce era salito, aveva provato a raccontargli come, a sentir quel rumore di dietro casa, aveva aperta la porticina, (Pulce in quel mentre dalla finestra di Faìlle aveva visto la striscia di luce proiettarsi nell'orto e su quella l'ombra del braccio di lei che apriva) e, non vedendo nulla, aveva rinchiuso, un po' insospettita. Pulce non l'aveva interrotta; non faceva che guardarla. Lei allora, come se capisse di aver che fare con una forza troppo implacabile per rintuzzarla a parole, aveva ricorso al pianto, gli si era buttata ai piedi, lo aveva scongiurato di non guardarla così se non voleva farla morire di crepacuore; che lei era una donna onesta, che nessuno l'aveva mai toccata, che nessuno la toccherebbe mai. E, non vedendolo in viso, sentendo che non si moveva, aveva buttato via lo scialle, e, di carponi, s'era alzata in ginocchio, strisciandogli contro le gambe con le spalle nude, col petto che sporgeva fuori della camicia e si arrotava contro i suoi ginocchi; e con le mani aveva cercato le sue e se le era messe sulla carne nuda. Al contatto della pelle calda, Pulce l'aveva spinta via da sè con una stratta che l'aveva fatta cadere lunga distesa sull'impiantito. Allora s'era abbandonata a una forza che era rabbia e dolore, che la tartassava e la torceva sui mattoni diacci, seminuda, con la bocca bavosa nei capelli attorti, talora aggrovigliandola come uno scorpione, talora distendendola quanto era lunga. E Pulce l'aveva attanagliata ai polsi, poi alle spalle con le unghie che entravano nella carne, con le mani che parevano piegarle le ossa. A trovarsi col viso sul suo, a guardarlo negli occhi, l'Armida aveva gettato un urlo di terrore, e allora Pulce l'aveva dominata sui mattoni diacci, senza una parola, tra i suoi gemiti, nel suo ribrezzo.

E quando lei s'era abbattuta come morta, Pulce s'era rimesso a guardarla, e non le aveva mai tolto quegli occhi d'addosso; nè dopo, mentre si alzava, stringendosi la camicia tra le ginocchia, e si riaggiustava i panni addosso e si riavviava i capelli, sotto la spina di quegli occhi fitti nella carne.

E essa intuì che se sino allora era stato una pena di vivere, adesso era entrata per davvero nell'inferno; ma che c'era insieme a Pulce, e che ci sarebbe stato sempre anche lui, con lei, a bruciare e a bruciarla per tutti i secoli della loro dannazione.

X

Come si può ben supporre, Stefano e Mazzingo non perdevan più d'occhio il padrone. Il difficile era che Paolo non voleva credere al pericolo: prima di tutto era sicuro di non essere stato scoperto, poi non stimava Pulce veramente pericoloso.

«Questo è il peggio, capisci» diceva Stefano al suo allievo: «c'è il caso, qualche sera che lui si vuol levare la voglia di andare a ronzar dintorno alla bottega, di sentirsi dire: se non restate a casa vi mando via.»

«E voi che fareste, allora?»

«Io andrei lo stesso, si capisce. Ma una schioppettata fa più presto di noi a arrivare a destino. Bisognerebbe poterglielo far vedere con gli occhi suoi, per convincerlo. Non c'è altro. Io mi ci arrovello a pensarci su. Se per esempio si potesse, s'intende senza pericolo, fargli vedere che Pulce gli tende un agguato... farglielo vedere, capisci, farglielo toccar con mano. Ma il difficile è senza esporlo a pericolo. Benedetto figliolo, non ha paura di nulla.»

Stefano non avrebbe avuto bisogno di Mazzingo, e anzi questi gli dava noia in quelle ultime febbrili e non facili battute del gioco che si rinserrava nelle sue mani nervose, ma sentiva che era necessario che qualcuno fosse a giorno di tutto: per qualunque caso che potesse succedere: non si sa mai.

Poichè doveva tenerlo, se ne serviva il più possibile, specie per origliare in paese, sia direttamente sia per mezzo di Gasparre. Così seppe che ormai persino i ragazzi si burlavan di Pulce. Questi non era più sortito di casa che una volta, la sera avanti, per andare alle Stanze. S'era messo davanti a Faìlle e aveva detto:

«Meno v'impicciate delle cose mie, e meglio è. A far pari ci penso da me.»

E era uscito subito dopo, senz'altre parole.

Stefano, questa volta, portò anche Mazzingo a parlare col padrone.

«Signor marchese, bisogna che la finisca in tutti i modi. O vada via! Ormai, quassù, mi dice lei che cosa aspetta? O non lo capisce che ogni passo che fa rasenta un precipizio? Noi si sta in guardia, ma è un minuto... Di' tu, Mazzingo, quel che si dice in paese.»

Mazzingo raccontò le minaccie di Pulce e di come tutti ormai dicevano che sarebbe andata a finir male. E aggiunse del suo.

Ma Paolo scoteva la testa, sorrideva:

«Tutte parole, parole. Poi, del resto, con Pulce son più amico di prima.»

«Già, perchè sa che a fargli l'amico è più facile che gli capiti l'occasione. Vuol vedere se son parole? Se glielo facessi veder con i suoi occhi che Pulce gli vuol far del male, ci promette di andar via?»

Paolo non rispose, ma stette a sentire.

L'indomani alle undici precise il marchese Paolo entrò in bottega e battè con familiarità vigorosa sulla spalla di Pulce:

«Caro Pulce, o stasera o mai, quel tasso. Domani vendemmiano alle Ferriere, e chissà che strada piglierà dopo, quando non c'è più l'uva. O fatemi questo piacere, venite anche voi, che Dio vi benedica!»

Ma Pulce scuoteva la testa.

«A giudicar dalle tracce è una gran bella bestia. Insomma io ve l'ho detto, sta a voi. Stasera verso le nove quando ripasso, mi fermo: se vi siete deciso siamo sempre a tempo.»

«Ah, io le mie prodezze l'ho belle fatte ormai, signor marchese. Ma che va solo, lei, la notte a caccia?»

E nell'azzardare la domanda Pulce sentì che non poteva fare a meno di abbassare gli occhi.

«Quando mi riesce, anche di giorno vo solo. A avere il guardia dietro mi par d'essere sotto tutela. Ma se per disgrazia ne incontro uno, non c'è verso di sperderlo. Di notte poi ce l'avrei di coscienza: hanno girato tutto il giorno, poveracci, la sera sono stanchi.»

«O non ha paura, solo, la notte, per quei botracci?»

«O che volete che mi succeda? Mi parrebbe d'aver paura in casa mia.»

«No, non dicevo per quello: ma anche per compagnia...»

«Venite voi, allora, per tenermi compagnia.»

Pulce lo guardò con certi occhi piccini e bambineschi che Paolo non gli aveva mai visto: come di un bambino che stesse per piangere; e per poter parlare dovette tossire e schiarirsi la gola, prima:

«Non mi tenti, signor marchese, non mi tenti.»

Per la prima volta Paolo sentì che correva tra loro la verità, pietosa e sinistra; capì che quel pover'uomo di Pulce era anche lui senz'aiuto nel vento delle sue passioni; ebbe voglia di dirgli:

«Sentite Pulce, smettiamo questo gioco: della vostra moglie, me ne importa quanto di questo pacchetto di sigarette che ho in mano; smettiamo di fare a rimpiattarello, diamoci la mano e non se ne parli più.»

Quell'uomo che soffriva davanti a lui, gli faceva pietà. Ma c'era qualche cosa che glielo vietava, una volontà che lo ratteneva come una mano. E scrollando le spalle, con un: «Insomma se non volete...» ritornò a casa.

Quello che torturava Pulce forse quanto la sua gelosia, era la simpatia che non poteva fare a meno di risentire per Paolo. Prima di tutto il marchese non aveva paura: questo non c'era verso di negarlo, e sopra tutto non aveva paura di lui, Pulce; poi era il vero tipo del «signore» quale figura nella immaginazione della gente di caccia e di paese; cioè familiare, alla buona, ma non senza mantener le distanze, ciò che acuisce il gusto di oltrepassarle; poi risoluto nelle sue cose, generoso e all'occasione prodigo: non c'è cosa che piaccia di più di un signore che si mangia allegramente i quattrini. Sin quel ricercargli la moglie, solleticava il suo amor proprio e rientrava nella figura del giovane signorotto che, si sa, deve essere donnaiolo. Come a questa ammirazione, a questo sentimento che lo portava verso di lui, che in altre circostanze l'avrebbe fatto servire il marchese volentieri anche in servizi ambigui o vergognosi, si potesse mescolare tanto odio, era il suo martirio; sebbene Pulce, nel soffrire, non si domandasse tanto, contentandosi di sentirsene lacerare come da un ùlcere maligno. Forse era sempre il suo vecchio odio per Stefano, riacuito dal sentirselo dintorno ora, che egli oscuramente riportava sul capo del marchese. Bisognava farla finita, troncar tutto e presto. Forse, senza spiegarsi nulla, presentiva instintivamente di essere attorniato da cento invisibili fili mossi da Stefano, che, se egli non avesse tentato di spezzarli ora, l'avrebbero ineluttabilmente soffocato.

Nel suo tetro concentramento in quella sofferenza, si dimenticava persino di odiare la sua donna, anzi si scordava addirittura di lei, nella visione sempre più chiara e precisa di Paolo alla posta, solo, nella notte di luna, e lui, Pulce, che lo vedeva, di sopra, non visto: solo con lui e con Dio. Lì potevano fare i conti, lui e il marchese. Qualunque cosa succedesse laggiù, si poteva spiegare: un incidente di caccia. Bastava mettere il fucile in modo da far supporre che si fosse sparato da sè per disgrazia; e non lasciare tracce. Pulce sapeva come fare. Poi, sarebbe risalito dal botro per quel passo che lui solo sapeva – lui solo e il marchese – ma il marchese non avrebbe potuto più raccontarlo. Faìlle e qualcun'altro l'avrebbero saputo che era stato lui, ma non potevano parlare. E su questo avvicendarsi veloce della mente, si ripeteva e si mescolava sempre la figura di Stefano, come in quelle fotografie dove, per non aver girato la pellicola sensibile, si son sovrapposte due impressioni: una figura d'uomo, per esempio, e un paesaggio che si intravvede attraverso alla persona.

Tutto il giorno non fece che scacciare dalla mente il pensiero della notte che al suo cadere avrebbe inesorabilmente portato una decisione; ma non sapeva quale.

Andava da camera a bottega senza trovar requie. Verso le quattro il tempo si rannuvolò e cadde una passata d'acqua. Allora si sentì tutto sollevato: il destino si allontanava. Andò sulla soglia della bottega a vederla venir giù, ma già da tramontano il cielo s'era tutto aperto, e qualche folata di vento diaccio bastò a spazzar via quel po' di nuvolo. E, in un sereno cristallino, cominciò a imbrunire.

Tre o quattro braccianti, di ritorno dal lavoro, si fermarono per entrare in bottega, e dovettero chiamarlo perchè si accorgesse di loro:

«O Pulce, o a che pensavi? O in che mondo siete?»

«O non lo vedete che è buio, Pulce? Dateci un po' di lume, almeno. S'arriva quassù stanchi morti, si viene a bere un bicchiere per riaversi, e ci volete tenere anche al buio!»

S'eran messi a un tavolino e avevan voluto che Pulce bevesse con loro.

«Che viso avete, Pulce!» aveva detto uno a vederlo accendere il lume. «O che v'è successo?»

«Non è più lo stesso, Pulce,» aveva detto un altro, ordinando un ponce bianco. E un altro raccontò:

«Ve ne ricordate, Pulce, di quando la Nannina di Gosto andò sposa, che in fondo al suo letto metteste una mezza dozzina di quei granchi di rio che quando chiappano, fanno sanguinare? Entra a letto la sposina tutta emozionata, accanto allo sposo, ma ci stette poco: «O che fai i pizzicotti anche con le dita dei piedi?»

Poi cominciarono a parlare del lavoro che avevan fra mano: uno scasso. Si lamentarono del prezzo e della terra: una cretaccia che lo zappone c'entra e ci sorte: fa quel buco e non si smuove nulla. Pareva che non dovessero andar più via. Uno che prima d'essere a opera era stato al podere, si lamentava del cambiamento: «Prima di venir via da contadino, mi pareva che dovessi star tanto bene a lavorare a giornata: non vedevo mai il becco d'un quattrino, non avevo mai da fumare. Ma ora è un'altra musica.»

«S'invidia sempre quello che non s'ha. Ora tornereste anche al podere, eh?»

«Che dite? Ci tocca a comprar tutto, ora, anche la legna. Allora s'aveva tutto in casa, grano, vino, olio, tutto: e non ci se n'accorgeva. Ma ora che si deve andare alla bottega per ogni cosa, con questa miseria di giornata che si piglia...»

«Ognuno la sua croce. Guarda Pulce, qui, che è un signore; guardalo: è nero come la cappa di un camino. Bisogna tirare a campare...»

Come Dio volle, se ne andarono anche loro. Pulce rimase solo: gli venne il pensiero della moglie; anche lei come faceva a passar le sue giornate? Disgraziata, anche lei! Ma non andò a cercarla; sapeva che gli sarebbe bastato di metterle gli occhi addosso per sentirsi rimescolare il sangue, e aver voglia di farle del male.

Quando fu verso l'ora di cena, entrò Faìlle. Benchè volesse darsi l'aria disinvolta, si vedeva che era nell'imbarazzo di dover dire qualche cosa di sgradevole. Non sapeva da che parte rifarsi: s'era buttato pesantemente a sedere su uno sgabello e, appoggiando i gomiti a un tavolino, s'era tolto il berretto e si passava le dita nei capelli.

Pulce non gli veniva volentieri dintorno, e badava al banco, come se avesse da fare. Allora l'altro gli dovette dire:

«O stai un momento fermo, benedetto uomo! Vieni qua.»

Pulce gli si mise davanti.

«O che hai, sei tutto stravolto?»

E poichè Pulce non rispondeva, aggiunse imbarazzato, sottovoce:

«A proposito, ti si voleva dire che se tu avessi bisogno, come quella volta, noi, i soliti, se n'è bell'e parlato, e si sarebbe pronti. Una buona bastonatura al buio, da levargli l'ùzzolo d'addosso.»

A voce più bassa ancora, aggiunse:

«Anche stasera, sai. Deve andare all'aspetto di quel tasso, qui sotto, alle Ferriere...»

Pulce non rispondeva,

«O che hai?»

Allora Pulce reagì, fece uno sforzo e sorrise a Faìlle; ma era un sorriso così strano per un uomo par suo, che Faìlle si domandò se non gli avesse dato di volta il cervello. Era un sorriso triste e ingenuo, di bambino. Pulce disse:

«No, no. Questa volta, semmai, ho da esser solo. Son conti che si regolano da uomo a uomo.»

Voleva ringraziare Faìlle, stringergli la mano, ma non gli riusciva. Faìlle era rimasto lì in silenzio: «da uomo a uomo» non poteva trattarsi che di cose gravi: s'era sentito diaccio. Si provò a aggiungere:

«Bada a quello che fai, Pulce.»

Poi s'alzò.

«Insomma, noi siamo sempre pronti. Sai dove trovarci. Buona notte.»

Pulce era rimasto appoggiato alla tavola a pensare; e, quando di dietro a lui l'Armida, che s'era avvicinata cercando di far meno rumore che potesse, mormorò: «È pronto a tavola», si riscosse e si voltò così di botto che la donna si ritrasse indietro come scottata:

«Lasciami in pace, non ho fame.»

Ma poi la seguì. Lei lo serviva: gli metteva la scodella davanti, poi la metteva per sè, e si sedeva, non perdendo d'occhio il foco e le pentole. Pulce spinse via da sè la scodella, appoggiò il capo sulle mani, e si mise a guardarla. La donna che portava il cucchiaio alla bocca, restò a mezzo. Che martoro! Come, quando finirebbe? Per non farsi veder piangere tornò al focolare. Rimasto solo, Pulce si tirò la scodella davanti, e mangiò, in fretta, di gran fame.

XI

«E allora, Pulce?»

Pulce appoggiato al banco scosse la testa. L'Armida a mezzo le scale a sentir quella voce si fermò pietrificata.

«È inutile, non vengo, non posso, signor marchese. In bocca al lupo.»

«Me ne rincresce. Buona notte, Pulce.»

«Buona notte, signor marchese.»

Paolo s'allontanò fischiettando. Quando, dopo le ultime case, entrò nel buio della campagna solitaria, smise anche di fischiare. Era buio pesto: la luna si sarebbe levata fra un'ora, forse. Quando arrivò al bivio, si fermò a vedere se c'era nessuno: ma il buio dintorno era solido come pareti nere. Però, davanti, all'orizzonte, il disegno ondulante dei poggi si distaccava dal cielo su un chiarore diffuso, un presentimento della luna che doveva sorgere di là.

Paolo seguì per qualche cento di passi il viottolo che scendeva alle Ferriere, poi, a un folto macchioso di ginepri, se ne staccò, risalì un pezzo di scosceso, e quasi a tastoni trovò il viottolo che contornava il botro e si prolungava sin dietro alle case del paese. E affrettò il passo, poichè il chiarore da dietro ai poggi si allargava in cielo come una gelata. Fra poco sarebbe stato un lume di luna da vederci come di giorno; bisognava far presto. Quando fu all'altezza delle prime case, scavalcò di poco l'orlo del botro, e camminando quasi sempre carponi, con mani e piedi per tenersi su, raggiunse un canalone più stretto, dominato da due pareti di creta che lo tenevan chiuso come in un covo. Allora si fermò e si mise a sedere su una costola del mattaione, voltandosi verso il chiarore, aspettando la luna. In breve e rapidamente, come rispondendo al suo desiderio, la luna s'alzò dal crinale dei poggi. Il cielo divenne sottile, impalpabile, ma la terra s'animò tutta di grandi ombre e di spesse grosse forme, che digradando vieppiù che si alzava la luna, prendevano consistenza. Sino all'orizzonte era tutta una marea di dorsi collinosi, alcuni diafani, altri scintillanti di luce nei crinali dentati, altri neri e poderosi. Più da vicino le grandi ombre delle valli si sprofondavano nel buio, sino a confluire nella vallata più larga delle Ferriere inondata di luce, al di là della zona d'ombra rigida e netta che disegnava il crinale di Ciciano. Tutto il botro ci si annegava, salvo una cresta più alta sottolineata di un rigo d'argento sul cielo, come se fosse l'orlo di una nuvola.

Disopra a lui, a pochi passi, le sagome dei tetti del paese si scandivano nere sul cielo seguendo come una scalinata il profilo della salita, e, più in alto, il castello si distaccava a picco come se fosse una escrescenza del monte, una roccia isolata.

Nel gran quarto d'ora che seguì – poteva essere un'ora, una nottata, tanto era lungo il tempo, – si pentì cento volte d'aver creduto alle ubbìe di Stefano. Certo, sarebbe stato facile tornare addietro e andare a letto; ma quando arrivava proprio al punto di negare ogni sospetto, un dubbio sottile s'insinuava in lui e lo teneva lì, fermo nel suo nascondiglio.

Finalmente la luna entrò nelle ultime pieghe della valle e egli vide allora l'ombra dei filari di viti, sotto di sè, quasi a perpendicolo, e il piccolo tabernacolo della Madonna della Peste. Seguendo l'orlo dell'ombra che si ritirava, dopo qualche minuto scoprì il roveto dove doveva essere nascosto Stefano, poi a filo della vegetazione vide la testa del fantoccio, col suo cappello a cencio, quello che portava tutti i giorni. Certo, agli occhi di chiunque lo conoscesse, e non sapesse della loro preparazione, era lui. E nel mentre sorrideva di vedersi riprodotto così bene, lo vide con raccapriccio, muoversi, agitar le braccia per aria, cadere riverso e scomparire nel roveto; e, dopo qualche secondo, cautamente, lentamente riapparire. E Paolo tirò un respiro di sollievo, e bisognò quasi che articolasse con un «bravo» la sua ammirazione: l'atto era stato intensamente, paurosamente vero.

Ma ogni velleità di questo genere gli fu tolta da un rumore: dietro, una porta si schiudeva molto piano – nella notte lucida il più piccolo suono prendeva una distinta chiarezza. Si sentì allora irrigidire in una immobilità di macigno, mentre a pochi metri da lui nell'ombra pericolosa del botro ancora sommerso di buio, un passo grave rotolava franando negli scivoloni del mattaione bagnato.

Quando dai vetri il lume di luna inondò il buio della bottega, Pulce non stette più alle mosse. Se aspettava che la luna alzandosi invadesse il botro, non avrebbe più potuto passare, lo avrebbero visto, l'avrebbe visto anche il marchese. O ora, o mai più: loro due soli, laggiù. Nessun testimone, nessuna prova. Avrebbe potuto simulare l'incidente di caccia: che Paolo si fosse ferito da sè, per disgrazia. Gli venne a mente la notte di Stefano: anche quella volta era andata liscia. Staccò il fucile dall'arpione, e col gesto abituale aprendolo lasciò calare lo sguardo lungo l'interno delle canne, lunghe, liscie, lucide. Poi lo posò come se scottasse; aveva sentito a un tratto, come se fossero lì, gli occhi di Paolo posarsi su di lui, quegli occhi aperti, chiari, come a dirgli: «ma perchè mi vuoi ammazzare?» Lì per lì non gli riusciva di ricordarsi perchè: si dovette scotere tutto, s'era come incantato. Aprì un cassetto del banco, scelse quattro cartucce: due a pallini, due a palla, da cinghiale, e se le scivolò in tasca. «Caccia grossa, caccia grossa» ripeteva macchinalmente tra sè e sè. Il ritornello gli batteva alle tempie, come il picchiettìo di un tic nervoso. In questo mentre, sentì un passo sulla scaletta, e svelto riattaccò il fucile al chiodo.

L'Armida dopo avere sparecchiato in silenzio, s'era sentita freddo. Aveva messo un po' di brace e un tizzo di carbone in un veggio, e era salita su: aveva infilato il trabiccolo nel letto, e battendo i denti, aveva cominciato a spogliarsi, con le dita che non trovavano gli occhielli e si imbrogliavano a sciogliere i nodi. A entrare sotto le lenzuola, era tutta un brivido, e nonostante che si buttasse tutta contro il trabiccolo, quel tremito non voleva andar via, anzi diventava più fitto. Poi le passò; e le entrò addosso un'uggia, una stanchezza, una voglia di farla finita, di dimenticare, di essere un'altra, di non viver più. Aveva lasciato la porta di camera aperta, sentiva Pulce che si muoveva giù, e qualche passo. La sua agitazione crebbe sino al punto che non potè più stare, si buttò uno scialle sulle spalle, e scese. Nello sguardo di Pulce ormai non c'era più che odio, e noia: noia di essere interrotto, di averla fra i piedi, di non potersene liberare. Allora, nonostante l'abbiezione alla quale la lunga doma l'aveva asservita, l'Armida ebbe il coraggio di mettersi tra Pulce e la porta. Poi gli mise le mani sul petto e si sfogò:

«Finiamola, Pulce. Mi vuoi far morire? Io sono una donna onesta. Da quando sono entrata in casa tua, m'hai tenuta sotto chiave, m'hai guardata a vista.»

«Si vede che non bastava;» si rivoltò Pulce «già, quando una donna l'ha nel sangue...»

«Ma che ho fatto, Sant'Iddio?»

«Ma se t'ha visto tutto il paese!»

«Sono andata fuori un momento per dirgli di lasciarmi in pace, di star lontano, che andasse pei fatti suoi! Ah in pace, poter state in pace! Essere lasciata in pace! Verrebbe la voglia di morir davvero!»

Pulce non la guardava:

«Lascia fare a me, si vedrà da ultimo!»

Allora l'Armida gli si buttò ai piedi, gli si strinse ai ginocchi. Pulce si chinò, si sciolse, la spinse via riversa sui mattoni. Ma aveva sentito il calore delle sue membra e si piegò ancora una volta su di lei, le sollevò il capo, la guardò negli occhi: una favilla di desiderio l'avrebbe forse trattenuto, ma gli occhi dell'Armida erano fissi, sbarrati nel vuoto. Allora la lasciò ricadere a terra e si mosse verso la porticina.

Come se lei avesse sospetto delle sue intenzioni, come se l'attrattiva non confondibile della verità la comandasse, l'Armida si alzò e si mise dritta, schiacciata contro la porta.

«Ah, no!»

Pulce la prese ai polsi:

«Levati di lì!»

«Bada a quello che fai!»

«Hai paura pel tuo ganzo?» le gettò allora Pulce in viso sghignazzando, e con una stratta la tolse di mezzo. Ma l'Armida gli s'avviticchiò addosso, lo strinse tutto in un abbraccio soffocante che era un possesso e una dedizione insieme. Le mani di Pulce si aprirono, le braccia caddero giù lungo il corpo di lei, la prese per il capo, e con le labbra le avvolse la bocca. Allora, più forte della volontà, lo schifo la corse tutta: si svincolò e a corsa si buttò per le scale: ormai non sentiva più altro che il bisogno di salvarsi dal ribrezzo di quella stretta. Pulce le era dietro a un passo. Ma ella, più svelta, gli sbatacchiò la porta di camera in faccia, la chiuse a paletto. Pulce si ostinò alla serratura, si piegò a arco contro la porta, e a spallate tentava di svellerla dai gangheri. La porta agli strattoni si piegava, ma resisteva. Allora, deciso, scese a corsa, prese il fucile, aprì la porta e scappò via nel buio.

L'Armida, tutta ancora lustra di ribrezzo, ascoltò i passi; quando si fece silenzio, terrorizzata, riaprì la porta e disse piano, tremante:

«Ora puoi venire, Pulce. Vieni, Pulce!»

Non si sentiva più nessun rumore. Chiamò più alto, urlò: «Pulce, Pulce!» Si buttò giù per la scaletta, aprì la porticina, sul botro, affannando, sperando. Ma tutto era silenzio e grandi luci e grandi ombre, nel chiaro di luna.

Stefano, accucciato nel roveto, con le forbici da potare, s'era fatto due feritoie dalle quali poteva spiare sul sentiero che veniva dai campi delle Ferriere, e, di dietro, risalendo il botro, sino al crinale, dove scintillavano i lumi delle case. Non aveva più paura per il padrone: dal nascondiglio del marchese si doveva scoprire tutto, da ogni parte, su quello scoscio di cretaccia nuda nella luna; ad ogni evenienza, Mazzingo era di guardia, dietro la casa di Pulce. Considerava l'opera sua con soddisfazione, come un capo che avendo dato tutte le disposizioni prima di una azione che ha ragione di ritenere debba avere buon successo, ripassi agli ultimi momenti tutti i suoi piani per veder se avesse dimenticato qualche circostanza e nello stesso tempo per ammirare, meglio che non possa farlo dopo quando si confonderà con l'avvenimento la volontà che lo preparò.

Sul fantoccio, non c'era da aver dubbi. L'aveva provato in troppi modi, perchè non fosse giunto alla perfezione. Ad ogni modo volle provare un'altra volta, l'ultima – l'ora si avvicinava – per veder l'effetto che faceva nella luna: tirò i fili. Si vide allora il fantoccio agitare le braccia e cadere riverso, poi scomparire fra i rovi: l'azione non poteva essere più verosimile, più vera. Piano, a passi felini, sortì dal roveto, rimise il fantoccio al suo posto, tornò nel suo nascondiglio.

Ma poteva darsi che Pulce non venisse. Che era che gli dava la sicurezza che sarebbe venuto? Pulce soffriva troppo, non era abituato a soffrire, non avrebbe potuto resistere alla tentazione di metter fine al suo patimento e di prendersi vendetta nello stesso tempo. Poi, certo, Pulce pensava di mascherare tutto: migliore occasione non poteva capitargli. Erano loro due soli e nessuno avrebbe mai saputo nulla, nessuno avrebbe potuto testimoniar nulla. E, dopo aver sparato, dopo aver visto la sua vittima cadere riversa, Pulce sarebbe venuto verso il roveto per accomodare il fucile e il cadavere in modo che un incidente di caccia potesse apparire verosimile. E avrebbe cercato un pezzo, crivellandosi di spine, e avrebbe trovato un fagotto di cenci, un fantoccio! E allora, ah, la rabbia, la buona rabbia, e esser così vicino a lui, Stefano, e non saperlo! Ah, che gioia calda, sana, come un vino generoso, sentiva Stefano colargli per le vene, vivificargli le membra! Ma questo non era che il principio. Ora doveva, per Pulce, cominciare lo spasimo vero, da dannarsi. A sentirsi tra le mani il fantoccio, a capir che era caduto in un tranello, avrebbe intuito anche dove doveva essere il marchese. L'avevan giocato, lui, Pulce; era tutto un fissato con l'Armida, uno strattagemma per allontanarlo da casa, mentre loro potevano godersela e farsi beffe di lui, laggiù nel botro. E avrebbe gettato via il fantoccio, strapazzandolo, e si sarebbe dato a corsa su pel botro. Ma niente paura: a quell'ora il padrone, fosse o non fosse riuscito a vincere le riluttanze dell'Armida, sarebbe già lontano, e Pulce non avrebbe mai risaputo quel che era successo in casa sua, in quel tempo; e sarebbe rimasto avvelenato dal dubbio, sempre, tutta la vita. E forse, nel salir su per il botro, avrebbe pensato a lui, Stefano, e avrebbe intuito che c'era di mezzo lui, che lo ripagava, così, con quelle torture: la legge del taglione: occhio per occhio, dente per dente!

E finalmente Stefano sentiva che c'era una giustizia al mondo, e che era bello farsela, giustizia, da sè...

A forza di appuntare gli occhi, Paolo si accorse che in fondo alla valle un uomo carponi sfilava lungo le viti.

Più che veder l'uomo, vedeva il lume di luna che filtrava tra i pampani ormai molto radi che si otturava, e quell'ombra più solida risalire lentamente il filare. Stefano aveva ragione. Del resto poteva anche essere uno qualunque: non era detto che dovesse esser proprio Pulce, benchè paresse non poterci esser più dubbio.

Era così doloroso e poco naturale di aver destato un tale odio, un odio che arrivava sino a uccidere! Povero Pulce, doveva aver sofferto tanto! Nonostante la prova che aveva davanti agli occhi, non riusciva a crederlo un sanguinario. Soffriva, Pulce, e voleva tog. lier di mezzo quello che supponeva esser cagione della sua sofferenza: per un primitivo par suo, queste erano azioni necessarie, doveri. Gli pareva di ribattere le accuse di Stefano, implacabili. Che uomo, Stefano; che metallo inflessibile, che durezza senza ritorno! E quale senso del dovere in lui, al disopra di tutto e di tutti, benchè anche lui desse a quella parola «dovere,» a quel sentimento, un significato suo particolare.

Cominciava a invecchiare, Stefano; la canizie gli donava: aveva quel certo che di imponente che prendono gli uomini piuttosto alti e magri invecchiando. Incuteva rispetto anche a lui. E ora, isolati nella vastissima campagna inondata di luna, vedeva solamente i due uomini: quello che strisciava, lungo le viti; l'altro nascosto nel roveto con le fila del fantoccio tra le dita: ebbe l'intuizione del duello che avveniva tra i due: lui non ci entrava per nulla, c'era nel mezzo come quel fantoccio del quale vedeva emergere il cappello a cencio – il suo cappello – sul mare luminoso della pianura.

Quanto tempo perchè l'uomo si decidesse, laggiù! Com'era lungo il tempo! Pulce, poveretto, anche lui! Era una bestia traccata, spinta verso la trappola da forze che non conosceva. A un tratto l'uomo si rizzò col fucile spianato, sparò, scomparve: tutto in un momento. Il capo del fantoccio si ripiegò su sè stesso, si udì un tonfo, qualche lamento, poi un rantolare sempre più sommesso, un mugolìo. Il rumore della fucilata era sfociato dal botro verso le valli, allontanandosi. E poi, di nuovo, silenzio. Ma Pulce, perchè non si muoveva? Paolo provò allora una sensazione curiosa di esilarazione, come se avesse scampato un pericolo vero e grosso: come se quella fucilata lo avesse rasentato senza fargli alcun male per miracolo. Aveva voglia di ridere, di tastarsi per tutto il corpo e rallegrarsi d'aver l'ossa a posto. Con un senso di letizia giovanile sentì che di quell'uomo che aveva sparato su di lui, non gliene importava più nulla, che l'abbandonava al suo misero destino. Soltanto allora, come per contrapposto, ripensò all'Armida che era sola, sentì dietro di sè la casa vicina, l'Armida sola, ripensò alle parole di Stefano: «Io compatisco quella povera donna della su' moglie, che di qualche cosa si dubiterà a rimaner lì sola sola.» Certo Pulce non avrebbe osato risalire il botro in pieno lume di luna, quando sul mattaione arido si sarebbe veduto muoversi un filo di erba se ci fosse stato; avrebbe dovuto prendere altre strade: egli aveva un bel vantaggio su di lui. Si aprì allora a una gioia maliziosa e infantile insieme, di fratello che sta per rivedere il fratello dopo aver scampato una disgrazia e di ragazzo che s'accinge a compiere una monelleria gustosa e bene ideata; voleva consolare l'Armida, carezzarla, rider di Pulce insieme; e che godesse anche lei nel sentirlo salvo da quel pericolo immaginario. Baciarla, sentirsi vivo, con lei, accosto a lei... E, scavalcato il ciglio del botro, in pochi passi fu alla casa di Pulce; e, nascosto nell'ombra del fico, piano piano bussò; due colpi.

L'Armida, rimasta sola, era caduta in ginocchioni sui mattoni con la testa sul banco e non riusciva a alzarsi, nè a muoversi. S'era provata a pregare, ma, mentre la memoria ripeteva macchinalmente il latino dell'Ave Maria e della Salve Regina, la mente andava dietro a Pulce che calava nel botro col fucile spianato. Pulce aveva detto sghignazzando:

«Caccia grossa, stasera.»

Si trattava di Paolo. Quelle poche parole che eran corse tra Paolo e Pulce sulla soglia non lasciavano dubbi. Stava in ascolto e, nonostante che si mettesse le mani sulle orecchie, le pareva di udire la schioppettata, poi un urlo, un urlo che doveva premersi forte la bocca con le mani per non ripetere, per non impazzire. A poco a poco, come un barlume di luce, le venne il pensiero che poteva ancora salvare Paolo; si esaltò: quella era la sua missione. Correre al balzo, e giù alle Ferriere. Come si faceva per arrivare alle Ferriere? Sapeva che Pulce conosceva un passo per calarsi giù, ma lei dalla strada ci avrebbe messo un'ora. E intanto, intanto? Certo sarebbe arrivata tardi. E allora? Vestirsi e andare dai carabinieri? E se Pulce poi, o non avesse potuto o non avesse voluto; e se fosse veramente andato per vedere se tirava a quel tasso?

«Caccia grossa, caccia grossa!»

Non ci poteva esser dubbio... Ah, finalmente, le era venuta l'idea giusta, la salvazione: correre al castello, avvisare i guardia; Stefano avrebbe capito, avrebbe salvato tutto e coperto anche lei. Ah, perchè non ci aveva pensato prima? Ora poteva esser tardi; anzi ormai era tardi. Pure cominciò affrettatamente a prepararsi a sortire: si buttò lo scialle sulle spalle, si avvolse una pezzuola intorno al capo, ma, a sentirsi pronta, le gambe le si piegarono, non aveva la forza di sortire... Aveva paura: paura del buio, paura della luce, paura che la vedessero fuori per la strada, che la seguissero: si vedeva al cancello della villa mentre i cani abbaiavano contro le sbarre e dietro di lei sentiva Faìlle e gli altri che la deridevano, la svergognavano!...

Poi, aveva paura, aveva paura di Pulce. E la prese un gran freddo, un tremito che la scoteva tutta e le faceva battere i denti, un tremito di febbre terzana. Allora, mugolando per la sua vigliaccheria, entrò a letto. Udì un rumore di sotto nel retrobottega, mise la testa sotto le lenzuola per non sentir nulla: un ruglio, un abbaio; era il cane: anche lui non era tranquillo. Ma quel sentirsi un essere vicino, la calmò un poco. In breve cessò il tremito, il caldo del letto la penetrò, le assicelle del trabiccolo bruciavano contro le polpe delle gambe; ma era un gusto di sentirsi scottare così.

Non aveva nozione del tempo, soltanto voltandosi, vide che la candela era scemata mezza: poco dopo sentì battere la mezzanotte. Da allora in poi, come se quello fosse un segnale, la sua attesa divenne spasmodica, da non poter resistere. E la riprese il gioco dell'immaginazione.

Vide Pulce che tornava insanguinato su per l'erta, sentì che il sangue versato aveva acceso in lui la cupidigia di altro sangue: chè ormai tanto valeva farsi vendetta completa; le parve di sentir bussare e si rintanò dissanguata sotto le lenzuola: non avrebbe mai avuto la forza di scendere il letto. Le pareva di sentir Pulce che lavorava intorno alla serratura, che la scalzava: eccolo, ora si buttava su per la scala: lo vedeva entrare: essa si raggomitolava nel letto, Pulce buttava via le lenzuola, la scopriva, essa si gettava corpo a corpo contro di lui, con due o tre stratte egli si liberava dalla sua stretta, la piegava, la stendeva per terra, le metteva le canne diacce del fucile sul petto... E allora soltanto ebbe fisicamente la visione, la coscienza di Paolo, del pericolo che gli sovrastava, e della morte: bisognava salvarlo!

Si levò e scese, a corsa. Quando fu a mezzo le scalette, sentì la porta di bottega che si apriva.

«Chi è?» gridò.

«Son io, Faìlle.»

L'Armida ebbe un accesso di tremito che la costrinse a appoggiarsi al banco, poi si fece forza, e col pensiero di sbrigarsi al più presto possibile di quell'uomo, si fece al lume a petrolio e lo smorzò.

«O che fa?» chiese la voce.

«Chiudevo la bottega, è tardi. Me n'ero dimenticata.»

Il chiaro di luna disegnava il riquadro dell'inferriata sulla tenda trasparente della finestra sul botro. Era come se nel buio della stanza volesse entrare anche più vivo e presente il pensiero di quel che succedeva laggiù. L'Armida accese un candeliere, e, alla luce, la tenda ridivenne opaca.

«O dov'è Pulce?» chiese Faìlle.

L'Armida esitò un momento:

«È a letto.»

«A letto?» L'esitazione non era andata persa per Faìlle. L'Armida si strinse nelle spalle. Faìlle però, a vederla così discinta, ripensò all'amore geloso di Pulce e si spiegò tutto con quello, a modo suo. «Ah, meno male!» disse con un sospirone.

L'Armida gli chiese ansiosamente:

«Ma che c'è?»

«C'è che... avevo paura che fosse andato fuori.»

Si avviò verso la porta. Con la mano sulla maniglia, si fermò, si voltò indietro:

«È proprio sicura che è andato a letto?»

L'Armida si mosse un poco verso di lui:

«Ma come? Se non lo so io... Ma di che avete paura?»

«No; m'ha fatto certi discorsi grulli, dianzi, che a ripensarci non m'eran piaciuti nè punto nè poco. E siccome io lo conosco, Pulce, lo conosco bene... ero venuto a vedere. Perchè, se fosse andato fuori, potrebbe essere stata una faccenda poco buona per qualcun'altro, ma anche per lui...»

«O che fareste voi, se volesse andar fuori?...»

«Ma, non saprei...»

«O di che avete paura?»

«Con Pulce c'è sempre da aver paura. Semmai, venga a avvisar me, non lo dica a nessun altro, se volesse andar fuori.»

«Ma di che avete paura?»

«Se è a letto, di nulla.»

Aprì la porta e guardò fuori:

«Bella serata, però.»

Si tirò su il bavero della giacchetta:

«Ma incomincia a far fresco, la notte.»

Stette ancora un momento sulla soglia:

«M'ha levato una bella paura d'addosso. Buona notte, sora Armida.»

Stava per uscire e allontanarsi, quando si udì, chiarissimo nella notte serena, il rimbombo di un colpo di fucile. Faìlle si voltò:

«O questo cos'è?»

L'Armida si era appoggiata al banco, vinta, disfatta.

«Ah, ora mi rammento!» fece Faìlle ridendo: «Ha avuto paura, eh? Sa che è? È quel balzello del marchese al tasso... Guarda un po': ha avuto fortuna, gli è venuto alla posta. E ha tirato diritto: un colpo solo, l'ha preso alla prima fucilata. Lì per lì, aveva fatto senso anche a me.» Poi ammiccò su:

«Pulce ha il sonno duro, eh?»

E con un altro «Buona notte» si allontanò per la strada.

E quando bussarono per davvero, due colpetti alla porticina di dietro, per lei fu quasi un sollievo. Ormai tutto era avvenuto, ormai aveva vissuto tutto: anche se Pulce l'ammazzava per davvero, sapeva di che si trattava. Si levò dal banco dal quale non s'era più mossa, si avvolse le spalle nello scialle, e macchinalmente, si fece il segno della Croce. Stava per aprir la porta senz'altro, quando le venne fatto di chiedere:

«Chi è?»

Una voce soffocata dal di fuori rispose: «Sono io.»

Non riconobbe la voce, non ci pensò, ma si sentì più tranquilla e tirò il chiavistello.

Paolo entrò. Uno stupore quasi mortale invase l'Armida. Era vivo. Aveva paura, aveva voglia di scappare. Ma Paolo era già nel mezzo della stanza, e aveva chiuso l'uscio dietro di sè.

«Misericordia!»

La vita ritornava in lei, si affollava nelle vene, rigurgitava: in un momento come era lontana la morte!

«Misericordia!»

Paolo la prese alla vita. Allora lei si sentì voglia di tastarlo per tutto il busto, per sentire che era proprio vivo. E già cominciava a abbandonarsi, a sentire le membra diventar deboli, pallide: non si apparteneva più. Ma un pericolo, un nuovo pericolo si faceva presente:

«Ma allora quel colpo di fucile... Che è successo? E Pulce?»

Paolo la guardava sorridendo negli occhi:

«Nulla, tutto bene. Pulce è al sicuro. Ha da fare...»

Allora lei si tirò via dalle sue braccia, e cercò di riaggiustarsi alla meglio lo scialle addosso: come si era sentita nuda sotto alla camicia nelle sue braccia!

«Ma ora lei vada via; sùbito! sùbito!»

Paolo per risposta la prese di nuovo fra le braccia. Sorrideva sempre e seguiva sul viso di lei illuminato dalla candela il passare delle emozioni

«Mi lasci stare, mi lasci stare... Ma che è successo? Dov'è Pulce? No... no... per pietà, signor marchese... sono una donna onesta... no, stasera no...»

Ora piagnucolava, mugolava.

«Sia buono... sia buono...»

Si tirava indietro nelle sue braccia per difendersi la bocca che Paolo cercava con la sua. Quando egli riuscì a baciarla, sentì che gli si abbandonava. Allora cercò la candela, la spense.

Il lume di luna era consolante, era una quiete. Ormai l'Armida si sapeva vinta, e gli chiese, piano, senza più paura, come se gli si fosse digià data:

«Ma quella fucilata?»

Paolo rise, soffocemente:

«Era Pulce che mi tirava addosso. Ma ha sbagliato la mira...» La baciò un'altra volta: «di parecchio...»

«Perchè? perchè?»

«Quella vecchia volpe di Stefano – non si giudicherebbe, lui così serio – gli ha teso la trappola. In un folto di rovi ha rizzato un fantoccio al naturale, gli ha messo un cappello mio, e di dietro, con certi fili lo muoveva. Tu vedessi, mi faceva effetto anche a me a guardarlo in quel chiaro di luna! Pulce c'è cascato! Io non ci volevo credere che m'avrebbe tirato addosso...» L'Armida rabbrividiva «e... invece... Hai sentito il colpo? Figurati il fantoccio che si abbatte giù nei rovi... qualche lamento, un po' di mugolio... – è Stefano, dietro – poi... più nulla. E io... io son qui!...» Ora, era lei che l'attirava, che lo chiudeva nel suo abbraccio dentro di sè. Ruzzolò uno sgabello, nel buio. Paolo la prese sulle braccia e la portò su, per la scaletta.

Quando Pulce s'era trovato alla fine del filare che lo nascondeva, gli era parso di veder voltare un poco la testa verso di lui – fosse illusione dei suoi nervi eccitati, fosse un gioco di luce, fosse un piccolo movimento che Stefano aveva fatto fare al fantoccio. Fatto si è che lì per lì gli parve di dover sparare per legittima difesa: ormai era scoperto, se non tirava lui, avrebbe tirato il marchese. E aveva preso la mira, e premuto il grilletto. Quando vide cascare riverso il corpo nel roveto e sentì i rantoli mutarsi in gemiti e poi smettere, per sempre, gli parve che non fosse vero, che non potesse esser successo, che fosse un sogno cattivo. Chi gli aveva dato la forza di mirare, di tirare? Ogni suo odio e rancore, ogni bisogno di vendicarsi eran caduti da lui: tra lui e l'uomo morto non c'era che l'abisso di averlo ucciso; un abisso che non poteva scavalcare: per quanto volesse, non poteva fare un passo avanti.

A un tratto ebbe una visione: il posto dove era caduto il corpo, era quello stesso dove, anni prima, aveva straziato Stefano a sangue. E sentì di essere in balìa di una volontà più forte di lui, di un destino superiore e vendicativo. Un'immensa pietà di sè lo prese, insieme a un tremito di tutto il corpo: badava a pensare, a ripetersi: «Povero me, povero Pulce!» Tanto si sentiva di essere in gioco delle circostanze, tanto sapeva che la sua volontà era rimasta estranea, costretta da forze superiori a far quel che aveva fatto, che non serbava rancori nè verso di sè, nè verso il morto: verso nessuno; sentiva soltanto che ormai avevano ottenuto da lui quel che volevano, e l'avevano abbandonato, come un complice inutile, lasciandolo solo di fronte al fatto avvenuto. «Povero me, povero Pulce!»

Rimase così un tempo indeterminato a fissare il posto dove era caduta la vittima, finchè non gli parve di vedere muovere le frasche: allora si voltò e prese la fuga.

La leggenda della Madonnina della Peste dice che un Santo Vescovo in occasione di una sua visita solenne a Ciciano, poichè la terra era tormentata da certi spiriti maligni che nottetempo si alzavano dal botro delle Fangaie – forse miasmi di febbre dalla palude, forse banditi alla macchia – volle che fosse lì alzata quella pia immagine; e benedicendola impetrò da Dio che le desse il potere d'impedire il passo a qualsiasi creatura umana o spirito che fosse, che di lì volesse passare dall'ultimo rintocco della mezzanotte sino al levar del sole. Prima della mezzanotte potevano far buona guardia i terrazzani; e dormir sonni tranquilli dopo, vegliati dalla loro Madonnina. E fu appunto così che Ciciano si salvò dalla gran pestilenza che devastò quei paesi – forse quella del Decamerone – poichè la peste, una vecchiaccia dalla testa di morte-secca con in mano una scopa intinta nell'unto mortifero, a cavallo di un lupo mannaro – per quanto affrettasse la sua cavalcatura, per l'appetito che ebbe degli abitanti di qualche casolare che trovò per istrada, arrivò al passo della Madonnina come suonava l'ultimo rintocco della mezzanotte, e, per quanto facesse, non potè passare, chè l'aria era diventata densa come muro, e al lupo s'era rizzato il pelo che pareva un cinghiale, dallo spavento. E dovette tornare indietro a rosicchiare le ossa che aveva seminato a venire all'inqua.
Pulce, al partirsi dei sentieri, si trovò dinanzi al tabernacolo: Perchè quella notte non si sentiva di poter passare? O non era passato di là tante notti, a tutte l'ore? Allora si domandò:
«Dove vado?»
Dove andare? Ormai non gli restava che la fuga: darsi alla macchia, o raggiungere una città, forse, e sperdersi in una folla. Fra breve, poche ore, il delitto sarebbe stato scoperto e nessuno avrebbe dubitato di chi potesse averlo commesso. Scappare: ogni minuto era prezioso. Ma l'istinto più forte della ragione lo portava a riveder l'Armida, per l'ultima volta. Del resto, ancora adesso, sarebbe potuto tornare dal morto, e simulare la disgrazia. Perchè non lo faceva? Perchè gli era impossibile sin di pensarci?
Non gli restava che scalare il botro. Si volse a guardarlo. Le costole del mattaione erano in pieno lume di luna: uno che saliva su per quelle costole nude, senza un arbusto, in quei canaloni rugosi che la luna pareva frugare e denudare a bella posta, con un gusto diaccio e crudele, si sarebbe visto da dieci miglia in giro: pure non rimaneva altra via. Si slanciò allora su per l'erta quasi a picco, con l'impeto amaro di chi è così mortalmente stanco che non sa se arriverà in cima. Nella pioggerella caduta nel pomeriggio, la creta s'era disfatta, e impastava: non si stava ritti. Era una fatica nera; eppure, se si fermava a ripigliar fiato, cominciava a torturarlo una pena, un affanno intorno al cuore, che, nel salire, la fatica gli aveva impedito di sentire. E riprendeva. E nel martellìo delle tempie gli parve di distinguere un passo che lo seguiva.
Infatti, era seguito.
Stefano nel suo covo aveva aspettato la vittima con la gola di una volpe che vede una lepre avvicinarsi allo scoperto. Voleva godersi la rabbia d'esser giocato, alla quale, credendosi senza testimonio, avrebbe dato libero sfogo il suo nemico. La sua vendetta gli pareva perfettamente riuscita, e gli era più cara per questo silenzio che l'attorniava, per questo segreto. Lui soltanto avrebbe visto la rabbia, l'umiliazione di Pulce. Pulce doveva sentire che qualcuno sapeva, e che lo guardava, forse. Ma in tutta la marea del lume di luna, inutilmente avrebbe cercato gli occhi che si pascevano del suo delitto da farsa.
Ma quando vide che Pulce, dopo avere sparato, non veniva verso il fantoccio, quando lo vide errare sperso e agitato tra un sentiero e l'altro, e arretrarsi al tabernacolo, quando poi lo vide risolutamente mettersi a scalare il botro, ebbe paura. Sentiva chiaramente che ormai l'uomo era penetrato così intimamente dalla tragicità degli eventi, che, se si fosse trovato di fronte alla prova del tradimento, non sarebbe arretrato davanti a un secondo delitto, al delitto vero. E ebbe paura, quella paura che spesso, nel mentre arretiva le fila del suo intrigo e il destino pareva assecondarlo così volentieri, l'aveva fatto arretrare, facendogli capire che, forse, delle ultime conseguenze, una volta data la via al masso sulla china, non sarebbe stato padrone. E si dette a scalare il botro, dietro a Pulce.

Pulce su per l'erta sentiva di essere seguito: ne era sicuro: quando fu quasi in cima sentì che un uomo era a pochi passi da lui, gli parve d'averne il fiato sul collo, e, benchè dalla fatica e dallo spasimo temesse che a guardare in giù lo dovesse prendere la vertigine e farlo rotolare sino in fondo, pure ebbe la forza, un ultimo sforzo, di voltarsi. Stefano infatti s'era avvantaggiato; voleva arrivare prima di lui, per aver modo di decidersi sul momento, e non essere addietro neanche di un passo: un passo poteva voler dire la vita del padrone. Dapprima aveva pensato di sbarrare a Pulce l'ingresso di casa, poi, non potendo sapere quel che succedeva intanto lassù, di lasciarlo entrare e di entrare con lui, coprendolo con le canne del fucile. Vedere, insomma; prima di agire: esser padroni della situazione. Quando Pulce ebbe così distintamente l'impressione di aver qualcuno alle spalle, Stefano era infatti a due o tre passi e lo guardava fisso, ma non più di dietro, bensì, scalando un canalone parallelo a quello nel quale si tirava su faticosamente Pulce, era disopra a lui, nascosto nelle fratte rovinose della creta. Però, la luna che lo investiva a raso di dietro, quando egli al voltarsi di Pulce si chinò per nascondersi, allungò smisuratamente il suo movimento su e giù per i canaloni dando per un momento una grande ansia di moto al cavo spettrale di tutto il botro. E Pulce, con la coda dell'occhio nel voltarsi, ebbe la sensazione di quel vuoto che si muoveva come di qualche cosa di soprannaturale, e rabbrividì, e si sentì vacillare la vista, e avrebbe voluto potersi abbandonare, tuffare il viso e accecarsi nella creta, ma trovò la forza di drizzarsi e di guardare la distesa spietata e deserta di luce, che pareva un paesaggio di ghiacci e di nevi.
Stefano intanto era giunto all'ombra delle case, e scivolò lungo di esse sino all'usciolino della bottega. Provò piano la serratura: Paolo non aveva messo i paletti. Entrò, richiuse con cura, mise il segreto, e si nascose sotto un tavolo, nella bottega.
Qualche minuto dopo Pulce bussò. Due colpi. Piano.
Quando dopo la prima confusa stretta Paolo s'era rizzato sul busto pensando che doveva andar via, l'Armida nel buio l'aveva tirato a sè con le braccia, tenendolo con tutta la forza. Non poteva tollerare il pensiero di essere lasciata sola. Forse non era tanto la paura del ritorno di Pulce, che nell'ombra più lontana del suo essere era sempre accovacciato come un demonio che non lascia presa, quanto quel trovarsi sola con sè stessa, che temeva. E si aggrappava a Paolo in una mescolanza di paura e di amore che le dava una forza di artigli nelle unghie che s'infiggevano dolorose e voluttuose nelle sue braccia. Paolo sapeva che era semplicemente una pazzia di trattenersi, come a voler aspettar Pulce per forza; sapeva che questi sarebbe diventato una belva quando si sarebbe accorto di esser giocato, e non si figurava nemmeno come avrebbe potuto affrontarlo. Ma non poteva resistere alla pietà di quel povero essere che tremava contro di lui, che lo voleva vicino, che aveva bisogno di esser protetto. Gli pareva di sentirla dire: «Morire in due, sì; o anche morir sola, subito; ma restar sola a aspettare, no, no, no.» Un'ondata di bene, di tenerezza lo spingeva verso la creatura che si era data a lui per amore, nel pericolo. Non era riconoscenza dell'uomo soddisfatto, era più che amicizia, forse affetto, complicità.... Da quell'avvinghiarsi terrorizzato, da quella volontà di tenerlo, quando ella sentì che egli annuiva e rimaneva presso di lei, le mani che s'infiggevano sino al sangue nella sua carne divennero molli, le braccia tese interite, caddero morbide lungo le sue, ed ella tutta si lasciò andare contro il busto di Paolo, affranta. Egli chiuse le braccia sul capo che gli era venuto a cascare sul petto, e si lasciarono andare senza più nessuna volontà, a un'ondata di desiderio tranquillo e innocente come il sonno di un bambino. Il loro piacere sbocciava con una contentezza piena e naturale, con una casta lucentezza di cosa giusta e che doveva essere, che era. E Paolo, senza avvedersene, s'addormentò.
Quando ella se ne accorse, dalla consolazione si mise a piangere.
Una tenerezza pacata come quella che si leva dai campi dopo una pioggia tanto desiderata nell'asciuttore, l'invadeva: il corpo non le pesava più, come a essere una di quelle piante acquatiche che cedono mollemente al verso delle acque appena trema la spera dello stagno: era come dissanguata, eppure contenta; si sentiva così stanca, così cèrea, così lieve, che le sarebbe stato dolce di morire in quel momento. Aprì gli occhi al lume di luna che filtrava a sbarre dalle persiane, vide intorno a sè la

sua stanza solita come in un sogno, tutta ombre e silenzio, tutta pace: si segnò, ebbe un brivido, un pensiero della mamma lontana; e a un tratto, come se si fosse fatta una gran luce, udì un grido nel più profondo di sè un'estasi, uno spasimo: la certezza di aver concepito: un figliolo di Paolo. I suoi pensieri presero un ritmo concitato, come se fosse tornata alla vita: bisognava salvare questo figliolo che sentiva di possedere digià, che nessuno sapesse quel che era avvenuto, che Paolo andasse via subito: che pazzia tenerlo qui!

E si voltò a guardarlo, e ebbe un'esitazione a destarlo, un dispiacere: quando udì battere, giù alla porticina di dietro: piano, due colpi.

Fu come se avesse visto il pugno che li batteva. Strinse con tutta la forza il polso di Paolo: Paolo si svegliò di soprassalto udirono altri due colpi, in sordina, come se fosse un passo feltrato, o rintocchi lontani. Paolo si buttò giù dal letto, prese il fucile. Al chiarore della luna che filtrava dalla persiana, si vedevano bene in faccia. Lei era rimasta ritta col busto sul letto, a ascoltare. Ma quando udì gli altri due colpi, si levò, si buttò lo scialle sulle spalle, e stette sul pianerottolo delle scale, in ascolto. Poi, come se già fosse rientrata nel dominio di quella volontà più forte di lei che era al di là della porta, stava per scendere i primi gradini, quando Paolo la prese per le spalle, la scostò da sè e scese la scala. Quando fu davanti alla porta, levò la sicura al fucile, macchinalmente. Più che pensare o fare un piano, dentro di lui nascevano risoluzioni estremamente rapide e come già avvenute, come visioni. Ecco che apriva la porta nascosto nell'ombra e piombava su Pulce al suo entrare, e gli pigliava i polsi, glieli legava dietro al dorso — con che? – con la cintola, con la cinghia del fucile – presto! Oppure si nascondeva nel vano della finestra, e mentre Pulce entrava gli metteva le canne del fucile nello stomaco: «Fermo o sparo!»

Dall'interstizio tra porta e muro si udì la voce soffocata di Pulce, bianca di terrore.

«Aprimi, spìcciati!» e dopo un momento di attesa:

«Fa presto, non ti torco un capello. Piglio la roba e vo via. Fa presto. Mi son dietro. Mi cercano, ti dico!»

Paolo non potè fare a meno di sorridere: la trappola era riuscita al di là delle intenzioni: Pulce credeva di averlo ammazzato per davvero; ora però riusciva sin troppo. Giacchè, dopo il primo movimento di allegrezza, si accorse che la loro posizione non era punto migliorata. Ma ormai ogni luce tragica era esulata dal suo spirito, e non gli riusciva più di considerare il pericolo nel quale rimanevano lui e la donna, che come una situazione curiosa, grottesca.

L'Armida gli passò davanti:

«Per carità, nasconditi! Se ti vede ci ammazza tutti e due!»

E lo spinse nel vano della finestra dietro alla tenda. Egli non oppose più resistenza.

L'Armida posò il candeliere sul banco, e levò il paletto. La porta s'aprì di scatto, e entrò Pulce il quale, senza guardarla nemmeno, si buttò contro la porta per chiuderla e mise il paletto. Poi andò verso la tavola e si gettò su una seggiola, esaurito. Stette così un momento, poi si tolse dalla tasca dei calzoni una chiave:

«Toh, fa presto, portami i quattrini, son nel cassettone.»

L'Armida prese la chiave senza far parola e si voltò per salire. Allora Pulce come se avesse paura a star solo, la richiamò:

«Armida,» disse accennandosi dietro, ma senza potersi voltare: «Chi è, chi è, là dietro?»

La sua voce era compassionevole, spossata, quasi tenera.

L'Armida aveva paura di guardare; come se soltanto a guardarlo si dovesse sentire che dietro la tenda, c'era Paolo.

«Dove? Non c'è nessuno.»

«Là, dietro la porta. C'è qualcuno. È chiuso bene?»

«Sì, sì, è chiuso bene.»

Pulce sospirò di sollievo.

«Eppoi chi ci ha da essere? Pulce tira diritto. L'ho morto. L'ho morto bene. È cascato come un masso: secco, stecchito.»

«Ma chi?» chiese l'Armida terrorizzata.

Prima di rispondere, Pulce si mise a ridere, forte, a lungo. Sentiva rinascere le sue forze: il terrore che l'aveva invaso fuori nel lume di luna sulle crete desolate, si dissipava alla presenza dell'Armida. Anche a questa doveva far male:

«Il tuo ganzo.»

L'Armida alzò le braccia, come per strillare. Non capiva più, sentiva l'orrore di un ignoto pauroso circondarla, invaderla. Pulce la frenò, con un gesto da padrone:

«Fa presto: i quattrini. Ho poco tempo da perdere. E meno male, le notti son lunghe.»

L'Armida salì su per la scaletta.

Rimasto solo, Pulce s'alzò, prese dalla scansìa la bottiglia dell'acquavite e ne tirò giù un lungo sorso. Faceva il suo piano. Per la macchia, a giorno, poteva esser sotto Volterra. Di lì aveva davanti a sè, tutta per sè la sterminata distesa di macchia che cala in Maremma. Chi lo avrebbe trovato, lì dentro? Nel muoversi, rasentò la finestra. Lo riprese quel senso di essere tracciato che l'aveva perseguitato nella fuga. Visto, non l'aveva visto mai, ma l'aveva sentito sempre dietro di sè, ora a manritta, ora a manca, anche davanti, l'aveva sentito anche davanti... Ma se l'aveva visto cascar giù come un cencio! Aveva sentito il tonfo, l'aveva sentito frignare come una lepre ferita, poi aveva smesso... Un passo... ah! era l'Armida che scendeva col portafogli.

«Armida, ma chi c'è là fuori? Guarda... No, non aprire... Apri! Guarda!»

Dalla preghiera più umile la sua voce passava bruscamente al comando secco e astioso.

L'Armida aprì: guardò: di qua, di là: nulla, nessuno: buio, silenzio. Pulce non guardava, non voleva guardare: aspettava, ansioso, la voce di lei:

«No, non c'è nessuno.»

Quando nel ritornare essa gli passò accanto, la fermò per un braccio.

«Armida, t'avrei dovuto ammazzare anche te; e invece lo vedi...»

La sua voce implorava pietà, aveva il capo chino sul petto, come se non ne potesse più.

«Anche lui, poveraccio! Non era mica lui, non mi voleva mica male, lui! Armida...»

Aveva alzato la testa e la guardava in viso, e le sue mani salivano lungo le braccia dell'Armida. Essa si tirò indietro. Pulce con un sospiro lasciò ricadere le braccia, e si rimise a guardare in terra. Prese il portafogli, poi le disse con il vecchio tono di voce arrogante:

«Fammi anche un fagotto di panni, un vestito – quello meglio – un berretto, presto... L'ho steso in terra quanto era lungo, il tuo ganzo! Va su, fa' presto.»

Rimasto solo, si rammentò del coltello. Quel coltello che non l'abbandonava mai, chissà come, se l'era scordato sulla tavola. L'Armida doveva averlo messo in un certo cassetto del banco; si alzò, e andò a frugare. Ma nel mentre era chino sulla cassetta, lo spasimo di prima, di sentirsi uno dietro, d'intorno, lo riprese. Si alzò di scatto, e nel così fare, inciampò nel candeliere che si rovesciò e spense. Controluce, dietro la tenda trasparente sul lume di luna della finestra, sulle sbarre dell'inferriata, la figura di Paolo si disegnò netta e precisa, e Pulce alzando gli occhi dal banco se la trovò di fronte. L'Armida scendeva le scale, li vide così l'uno di faccia all'altro, e cacciò uno strillo. Di dietro a Pulce, Stefano alzava lentamente il fucile, e lo copriva con la mira.

Pulce cominciò a tremare, a mugolare sinistramente. Gli passaron tra i denti parole opache come ombre, ripeteva fievole come un eco:

«È lui, lui, lui...»

Allora Paolo alzò una mano e Pulce si coprì gli occhi per non vedere. E Paolo, con una voce tenera, come se parlasse a un bambino, disse:

«Perchè mi hai ammazzato?»

Pulce con uno strillo acutissimo, con un moto ondulante, come un serpe minaccioso che si rizza fischiando sulla coda, si alzò quanto era lungo protendendosi verso il soffitto, come per uscir di sè stesso. Poi cadde al suolo e si raggomitolò tutto, e si mise le mani dietro alla testa, stringendosela, e urlando «Ahi, ahi!» con i guaiti di un cane sferzato. E si accasciò tutto.

Allora Stefano si mosse verso di lui sinchè l'ebbe ai piedi. Lo smosse, coi piedi, e Pulce si raggomitolò sempre di più su sè stesso. Stefano si chinò, cercò di rialzarlo e Paolo accorse per aiutarlo. L'Armida non si poteva muovere. Lo misero a sedere su una seggiola: seguitava a piegarsi su se stesso, mugolando.

Stefano allora ebbe come un momento di debolezza. Chiuse gli occhi e disse:

«Dio mio, che ho fatto!»

Poi guardò Paolo, guardò l'Armida:

«Ma non sono stato io! C'è entrato il destino!»

Ma gli altri non gli rispondevano e lo guardavano sbigottiti.

Paolo s'era chinato davanti a Pulce, in ginocchioni, e lo prendeva per le braccia che pendevano abbandonate e lo scuoteva tutto:

«Pulce, svegliati, scotiti... lo vedi: son vivo... ravvediti, Pulce... per l'amor di Dio.»

Pulce lo guardava ma non lo vedeva, e riprendeva a mugolare. Allora Stefano, rispondendo a uno sguardo dell'Armida, disse:

«È mentecatto: mentecatto.»

Pulce allora parve riaversi e con un gemito sibilante, lacerante, sottovoce, si buttò fuori dalla porta a correre dalla parte del botro. Terrorizzati gli corsero dietro qualche passo. Pulce, all'orlo del botro, si voltò indietro, vide Paolo, gli tese le braccia imploranti. Si fermarono allora, e Pulce si lasciò andare giù nello sdrucio.

Lo trovarono la mattina dopo, rattrappito dal freddo, davanti alla Madonna della Peste. Farneticava. Accanto a lui il suo cane inquieto, ringhiava e gli leccava le mani.